나는 해모수다

1판 1쇄 인쇄 | 2024년 08월 22일
1판 1쇄 발행 | 2024년 08월 29일

지 은 이 | 윤명철
펴 낸 이 | 천봉재
펴 낸 곳 | 일송북

주   소 | 서울시 성북구 성북로 4길 27-19
전   화 | 02-2299-1290~1
팩   스 | 02-2299-1292
이 메 일 | minato3@hanmail.net
홈페이지 | www.ilsongbook.com
등   록 | 1998. 8. 13(제 303-3030002510020060000049호)

ISBN 978-89-5732-340-3(03800)
값 14,800원

고대
신화적인 삶을 산 한민족사의 큰 어른

나는 해모수 다

윤명철 지음

살림북

나는 조선인이고, 부여인이며, 고구려인이다

여러분의 말 속, 정신 속에는 나의 삶이 조금씩 배어 있다. 조상이 무엇인가? 역사의 거름이 되는 게 아닌가? 어려운 시기가 오고 있네만 나를 거름으로 삼아 후손들을 위해 맑고 기름진 거름이 되게나.

- 해모수가 독자에게 -

한국을 만든 인물 500인을 선정하면서

일송북은 한국을 만든 인물 5백 명에 관한 책들(5백 권)의 출간을 기획하여 차례대로 펴내고 있습니다. 이는 긍정적이든 부정적이든 우리 역사에 뚜렷한 족적을 남긴 인물들의 시대와 사회를 살아가는 삶을 들여다보고 반성하며, 지금 우리 시대와 각자의 삶을 더욱 바람직하게 이끌기 위해서입니다. 아울러 한국인의 정체성은 무엇인가를 폭넓고 심도 있게 탐구하는, 출판 사상 최고·최대의 한국 대표 인물 콘텐츠의 보고(寶庫)가 될 것입니다.

한국 인물 500인의 제목은 「나는 누구다」로 통일했습니다. '누구'에는 한 인물의 이름이 들어갑니다. 한 인물의 삶과 시대의 정수를 독자 여러분께 인상적·효율적으로 전할 것입니다. 무엇보다 지금 왜 이 인물을 읽어야 하는가에 충분히 답해 나갈 것입니다.

이번 한국 인물 500인 선정을 위해 일송북에서는 역사, 사회, 문화, 정치, 경제, 국방, 언론, 출판 등 각 분야의 전문가들로 선정위원회를 구성했습니다. 선정위원회에서는 단군시대 너머의 신화와 전설쯤으로 전해오는 아득한 상고대부터, 아직도 우리 기억에 생생한 20세기 최근세까지의 인물들과 그 시대들에 정통한 필자를 선정하고 있습니다.

우리는 지금 최첨단 문명시대를 살고 있습니다. 인터넷으로 실시간 글로벌시대를 살고 있으며 인공지능 AI의 급속한 발달로 인간의 정체성마저 흔들리고 있음을 절감하고 있습니다.

이러한 때일수록 인간의, 한국인의 정체성이 더욱 절실히 요구되고 있습니다. 그 정체성은 개인과 나라의 편협한 개인주의나 국수주의는 물론 아닐 것입니다. 보수와 진보 성향을 아우르는 한국 인물 500인은 해당 인물의 육성으로 인간 개인의 생생한 정체성은 물론 세계와 첨단 문명시대에서도 끈질기게 이끌어나갈 반만년 한국인의 정체성, 그 본질과 뚝심을 들려줄 것입니다.

차 례

4부 해모수의 역사적인 역할, 업적

맺음말 ·· 232

프롤로그

해모수.

그는 우리 역사상에서 어떤 역할을 담당했을까?

지금 왜 필요한가?

어떤 점이 필요한가?

우선 그동안 내가 생각했던 해모수를 간단하게 소개하고, 미리 이해하는 시간을 가져본다.

수만 년 전 우리 민족은 우랄의 어느 하늘 밑을 떠나 오로지 뜨겁고 밝게 떠오르는 해만을 바라보며, 거칠고 험한 준령과 인간의 나약한 살껍질을 터뜨리는 칼 같은 추위와 눈밭에 온몸을 얼리고 풀 한 포기, 돌 한 덩어리 없는 흙마저 뜨겁게 타는 모래사막에다 그들의 많은 살붙이를 묻으며 이 땅을 찾은 것이다.

　우주의 모든 것이 생명을 얻고 살아가는 태양에다 그들의 열망과 꿈을 불어넣어 하나의 위대한 사상체계를 세우고, 그 사상을 구현할 이상세계의 건설을 위해, 그리고 그 이상세계에 그들의 피와 살을 먹고 자라난 자식들을 완주시키기 위해 날마다 해가 새롭게 태어나는 곳을 향하여 그들의 삶을 이어갔던 것이다. 그렇기 때문에 그들은 위대할 수 있었고, 하늘(天)의 자식으로서 정통성을 부여받을 자격을 갖춘 것이다.

　해모수가 이룩해 놓은 이 땅의 역사에 발을 딛고 살아온 사람들은 몸속에 하늘의 피를 담고 있는 위대했던 탐험가의 후예들인 것이다. 고려시대의 승려인 일연은 『삼국유사』를 썼다. 그 책에서 인용한 「단군기」에서는 해모수를 '단군'이라고 표기하였으며, 왕력(王曆)에서는 동명왕을 '단군의 아들(檀君之子)'이라고 하며 해모수를 단군으로 보았다. 이것은 해모수신화가 한민족 최고의 정통신화이며 역사적 사실과 접목됨을 의미한다.

오늘날 우리는 태양을 해라고 부른다. 해를 달리 표현한 음인 '한'은 '크다', '밝다', '넓다', '진리', '높다', '하나다' 등 모든 것의 절대성을 나타내는 말로 쓰이고 있다. 해모수는 '해(太陽)'와 '모시(池)'에서 기원한 조화된 이름인데, 이는 세상에서 가장 완벽한 결정체적인 영웅을 의미하며, 우리 민족의 이상을 반영한 이름이기도 하다. 왜냐하면 태양은 천상을, 지(池) 곧 해(海)는 지하를 의미하며 그 가운데 천하에 버티고 서 있는 존재가 세상에서 가장 완성된 인격체인 인간 해모수 그 자체이기 때문이다.

해모수는 자식을 낳아 이름을 '부루(扶婁)'라 하고 '해(解)'로 성을 삼았다. 부루는 '불'의 한자식 표기다. 동명(東明)이나 그 손자의 이름인 해명(解明) 또한 빛과 관계가 깊은 말이다. 부여, 고구려를 비롯한 예맥족이 해를 신령스럽게 여기는 민족임을 나타낸다. 그 외에도 신라의 시조인 박혁거세를 '불거내왕(弗居內王)', 즉 '밝은 칸'이라고 한 것도, 또 우리나라의 왕이나 신 등의 인명(人名), 지명,

산 이름들에도 유달리 해와 빛과 연관된 것이 많은 것도
그 때문이다.

   그리고 해모수라는 고유명사는 우리 역사 이래 모험적
인 이상의 실천적인 추구자들의 범칭이기도 하다. 왜냐
하면 해모수의 영웅적인 행동은 일본 열도로 건너간 신라
왕자인 천일창, 또 일본 열도에 도착해 왕과 왕비가 된, 포
항 지역의 신라인인 연오랑과 세오녀, 일본 신화에서 천
손으로서 볍씨와 3종의 신기를 갖고 내려와 천황계의 시
조가 되었다고 하는 가야계의 니니기노모코도 등과 같은
미지의 개척자들에게 이상과 염원을 심어주었기 때문이
다. 신이며 천제인 해모수는 곧 세상에서 가장 정밀하게
완성된 인간 개체로서 신화 이전과 이후 또 오늘날까지도
살아있는 한민족이 가진 원초적 이상이다.

1부

해모수를 만나고
글을 쓰는 이유

1. 나는 왜 그를 되살려내고, 세상에 알리려 할까?

해모수.

북부여의 천제이지만, 고구려를 세운 주모(추모)의 아버지로서 더 유명하고, 더 역사적인 역할을 한 것으로 평가받는 존재다. 하지만 사실 그는 꽤 오랫동안 망각되었다. 부여가 멸망하고, 또 그의 피붙이가 세운 그 대단한 고구려마저 사라지고 난 다음에는 점차 잊혀갈 수밖에 없었다. 그리고 지금도 그는 잊혀가고 있다. 그래서는 안 되는 존재임이 분명한데도. 아마 그는 그러한 현실이 여러모로 안타까웠을 것이다. 특히 지금처럼 역사의 격동기, 한민족의 운명에 큰 변곡점이 되는 전환기에는. 뭔가 말하고 싶은 게 많은데도 그럴 기회는 있을 수 없는 것이다. 왜냐하면 그는 이미 역사적인 인물이 되어 버렸으니 말이다. 누군가에게 현몽하거나, 정신에 씌워져서 무당의 공수처럼 쏟아내는 수밖에 없다. 그런데 그는 운 좋게도, 아니 어쩌면 운명처럼 나를 만나, 나를 통해 세상에 담아두었던 자신의 삶과 생각을, 그리고 후손들과 미래에 대한 근심을 풀어낼 수 있게 되었다.

그럼 왜 내가 하필 그가 하고 싶은 말을 대신하려는 걸까?

해모수. 그에 의해서 간택된 걸까? 아니면 역사가 운명적으로 나를 끌어들인 걸까?

혹은 그 일이 나와는 어떤 인연이 있었기 때문일까?

실은 나는 어려서부터 여러 가지 이유와 사연 때문에 고구려와는 특별한 인연을 맺고 있다. 당연히 그 고구려를 세운 주몽의 아버지이면서 우리 역사에서 가장 신화적인 인물인 그에게서 흥미를 느낄 수밖에 없다. 나는 때때로 고구려를 떠올리면 '운명' 또는 '숙명'이라는 단어가 생각난다. 생물학적인 인연 때문인지, 역사적으로 무슨 사연이 있는 건지 모른다. 어쩌면 타고난 기질 때문인지도 모른다.

  가슴을 뛰게 만드는 고구려. 거기다가 '해모수'라니 얼마나 멋있는가?

  어려서부터 고구려의 고분벽화들을 자주 보아왔다. 그 웅장함, 용맹함, 기상은 어린 날의 나를 항상 들뜨게 만들었다. 나이가 들어 다시 만난 고구려, 또 다시 본 벽화들은 기품 있고, 우아하며, 자유로움으로 가득 차 있었다. 나는 시를 창작하는 일부터 고구려를 다시 나만의 방식으로 만나기 시작했다. 1981년도에 『신단수』를, 이어 몇 년 후에는 『당나무』를 각각 펴냈다. 고구려라는 제목이 붙은 시집만도 4~5권은 되는 것 같다. 그동안 17권의 시집을 펴냈는데, 대부분에는 고구려와 연관된 시들이 실려 있다. 그리고 나는 역사학자가 되었고, 박사학위를 고구려시대 연구로 받았다. 또 20대 후반인 1982년에는 대한해협을 건너 일본까지 가는 뗏목 탐험을 시작했는데, 이름이 '해모수'였다. 그리고 큰 돛에는 '해모수'라는 청색 글씨와 함께 그가 타고 내려온 오룡거를 상징하는, 해를 깨물고 있는 다섯 마리의 용을 그려 넣었다. 그만큼 고구려와 해모수에 대한 내 집착은 정도를 넘어섰다.

나는 고구려로 박사학위를 받은 해인 1994년부터는 많을 때는 1년에 서너 번씩 만주로 건너가 현장을 답사했다. 특히 1995년에는 '말 타고 고구려 가다'라는 제목의 답사를 했다. 그래서 북부여의 땅이고, 고주몽이 탈출을 했던 북부여, 동부여의 땅을 찾아가 말을 산 다음에 수도인 국내성(집안시)까지 타고 내려왔다. 모두 28일이나 걸린 긴 일정이었다. 물론 그 밖에도 고구려와 연관된 일을 무척 많이 했다. 책과 논문도 꽤 많은 편이고, 고구려의 존재가치를 드러내는 학문적인 일도 많이 한 편이다.

이런 일을 하면서도 늘 궁금한 것이 몇 개 있는데, 그 가운데 하나가 '해모수'라는 존재다. 해모수는 실재했을까? 그렇다면 어떤 사람일까? 궁금한 게 한두 가지가 아니다. 사실 그의 이름인 해모수는 고려시대의 역사책에 처음으로 나타난다. 물론 나는 그제야 만들어진 가공의 존재라고는 생각하지 않는다. 그 시대에 집중적으로 쓰인 역사 책들의 내용을 보거나 훗날 현대에 들어와 개봉된 고분의 벽화들, 남겨진 그의 여인이었던 유화를 경배하는 신앙 등을 고려해 본다. 당연히 그의 존재는 물론이고, 해모수 라는 이름도 알려져 내려왔을 것이다. 다만 전해져 내려 오는 이야기를 이야기의 형식으로 기록한 것이므로 아마 허구의 이야기, 또는 누군가가 그 시대에 만들어낸 설화 (story, legend) 정도로 오해할 수도 있었다. 하지만 해모 수라는 존재와 그의 행적 또는 행위는 역사의 문제, 사실 의 문제일 수밖에 없다. 확실하게 그는 역사적인 인물이 다. 다만 그것을 확인하고, 확인시킬 필요는 있다.

나는 왜 그를 되살려내고, 세상에 알리려 할까?

혹시 '다물(多勿)'이라는 말을 들어본 적이 있는가? 나는 이 말을 자주 좋아하고, 그래서 때때로 사람들에게 물어 보곤 했다. 하지만 이런 질문은 이제 불필요해졌다. 지금 은 누구나 다 아는 말이 되었으니 말이다. 심지어는 내가 사는 중앙아시아의 오지에서도 아는 말이 되었다. 파미

르에서도, 이란의 시골에서도 사람들은 나를 보면 '주몽', '주몽'이라고 불렀다. 또 해모수, 다물을 발음한다. 이는 웃기는 일이고, 역설적인 결과지만 중국 때문이다.

2003년도에 중국이 '동북공정'이라는 것을 추진하고, 그 핵심이 고구려의 역사를 왜곡하는 것이라고 전 국민에게 알려졌다. 이후 사람들은 고구려에 더더욱 관심을 갖게 되었고, 덩달아 역사학계도 보다 책임감 있게 역사를 대하게 되었다. 잊혀가던 고구려가 적대관계였던 중국에 의해 다시 살아났다. '다물'한 것이다. 이 덕분에 고구려와 연관된 드라마도 여러 편 만들어졌고, 나 역시도 '연개소문'처럼 직접 관여하는 드라마도 있었다. 실은 나는 이미 1997년도에도 고구려를 소재로 한 음반을 냈다. 어쨌든 그 드라마들 덕에 삼족오나 주몽, 해모수도 알려졌고, 다물이라는 용어도 알려졌다.

'러어위복구토위다물(麗語謂復舊土爲多勿)' 이는 『삼국사기』에 나오는 글귀다. 주몽은 나라를 세운 직후에 첫 전투를 벌였다. 그 상대는 자신이 단군의 후예라고 주장하는 송양이란 인물 또는 선인이 다스리는 비류국이었다. 젊고 야심 찬 주몽은 나이든 송양과 여러 가지 신비스러운 능력을 겨룬 끝에 승리하였다. 그래서 비류국을 고구려에 편입시키면서 그 지역에 '다물도'를 설치했다.『삼국사기』에는 이 사건에 대해 "다물려어위복구토(多勿麗語謂復舊土)"라고 설명되어 있다. 즉 다물을 고구려 말로 옛 땅을 수복하는 행위라고 정의한 것이다.『자치통감』에도 같은 내용이 기록되어 있다(麗語謂復舊土爲多勿).

이 말이 가진 의미 때문에 일본으로부터 식민지 지배를 받을 때에 우리 독립군들은 '다물'이라는 용어를 많이 사용했다. 심지어는 '다물단'이라는 결사단체도 있었다. 한자로 쓴 '多勿(다물)'이 고구려말로 어떻게 발음되었는지는 알 수 없다. 다만 그 시대, 그 발음에 가장 가까운 한자로 표현한 것임은 분명하다. 누구나 궁금하니까 각각 자기 주장을 펼친다. 심지어는 '되살림'이라고 추정하는 사람들도 있다. 나는 역사를 생물학적인 반복이 아니라 재생, 개선, 진화하는 것으로 해석한다. 따라서 다물을 're generation', 're set', 're naissance', 're foundation' 등의 용어로 부르기도 한다.

주몽은 영토를 확장하고 다물을 선언했는데, 왜 나는 해모수를 되살리고, 세상에 다시 알리려 할까?

나는 고구려의 부활을 아주 강력하게 원하는 사람이다. 2005년도 이후에는 '고구리즘(Kogurism)'이라는 용어를 만들어 사용하고 있다. 즉 고구려를 중요한 모델로 삼아서 나라와 민족은 물론이고, 인류의 삶과 문화가 나아지게 하는 데 큰 역할을 하기를 바라는 논리 또는 사상을 전개해 왔다.

강대국에 피해를 입고 굽신거리는 약소국의 백성으로서 어린 날을 보낸 나에게 넓은 영토, 자신감 넘치고 강한 사람들, 대국의 이미지를 가진 고구려야말로 희망과 자부심의 원천이었다. 따라서 해모수에 대한 생각도 그 언저리를 크게 벗어나지는 못했다. 그런데 나이가 들면서 비어가던 몸의 여러 부분에는 점차 지성과 문화라는 것이 흘러들어 채워지기 시작했다. 자연스럽게 가치관에도 변화가 생겨 문화가 중요하다는 생각이 들었다. 또 올바름이 무엇인가를 생각했다. 나라도 인간처럼 정직하고,

올바른 삶을 살아야 한다는 사실을 알기 시작했다. 그래서 사람들에 관심을 가지면서 고민을 헤아릴 수 없이 하고, '정의', '자유의지' 같은 단어들을 자주 떠올렸다. 나라도 가치와 의미를 추구하고 모든 사람이 행복하고, 윤택한 삶을 살아가게 만드는 것이 중요한 임무라는 사실을 깨닫기 시작했다. 그때 고구려를 체험하면서 '자유의지', '직심', '강건' 같은 용어들과 개념과 정신들을 발견하기 시작했다.

우리도, 민족도 발전하려면, 더 나은 세상을 만들려면 우선 실천하는 모델을 만드는 방식이 좋다. 관념이나 선언, 선동 같은 것이 아닌 실천할 수 있고, 현실적으로 이익을 낼 수 있는 모델 말이다. 나는 역사의 모델을 만드는 일을 좋아해서 『광개토태왕과 한고려의 꿈』 등 몇 권의 책도 썼다. 우수한 모델을 만들려면 목적과 능력에 걸맞은 새로운 인간형의 부활이 필요했다. 그래서 고구려의 모태인 해모수라는 존재에 더 강한 의미를 부여하게 된 것이다.

또 하나는 역사학자로서 그에 대한 관심이 커졌다는 것

이다. 해모수는 적어도 한국 역사에서는 다양한 점에서 큰 의미를 지니는 존재였다. 우선 부여와 부여의 방계집단들의 원조 격인 북부여의 임금이었다. 부여는 우리 역사에서 잊힌 나라일 수도 있지만, 어쩌면 900년 동안 존속했을 수 있으며, 고구려의 모태 국가였다. 우리 민족의 역사에서는 거대한 뿌리임이 틀림없으므로 당연히 여러 사료에 기록되었다.

고조선. 아주 큰 의미의 조선이란 체제의 마지막 단계인 조선과 위만조선 때는 정치적으로 직접 연관을 맺은 실재의 나라였다. 그런데 고구려가 워낙 성공한 나라였으므로 그 시대는 물론이고, 이후에도 국내외의 많은 사람이 주로 고구려에 관심을 가졌다. 특히 몇몇 민족국가는 고구려의 계승성을 강조하려고 애를 썼다. 이렇게 고구려에 집착하다 보니 정작 고구려가 계승했고, 자신들의 정통성을 기대는 부여에 대해서는 관심들을 덜 갖는 경향이 있다.

실제로도 부여는 고구려에 치여서인지 결코 강한 나라, 풍성한 나라는 되지 못했다. 이런 기구한 사연을 간직한 역사 때문인지 이상하게도 그들의 삶과, 역사를 알려주는 기록들은 아주 희미하고, 유물들도 그리 많은 편은 아니다. 그래도 다행인 것은 건국 신화가 여러 형태로 여러 기록에 남아 있고, 역사상에도 중국의 여러 사료에 남아 있다. 부여는 역사뿐만 아니라 문화적으로 아주 색달라서 우리 역사에서는 비교적 신선한 체험 요소가 많은 나라다. 사회가 힘이 넘치고, 생활도 야성적인 초원의 유목문화, 또 원시적이고 거대한 북만주와 동만주의 풍부한 타이가(taiga)문화 등을 체험한 나라다. 백성들도 어쩌면 현재 한반도, 특히 중부 이남에서만 살았던 사람들과는 얼굴이나 성격이 다르지만, 분위기 또한 묘하게 다를 것 같은 생각도 든다. 역사적인 정황들, 많지 않은 기록에서 살펴보면, 발굴된 부여인 유물들을 보면 북방계의 얼굴인 것은 분명하지만, 단순하게 그 말로만 설명할 수는 없을 정도의 미묘함이 있다. 실제로 길림시 박물관에 가면 부여인을 표현한 철제 가면 유물을 볼 수 있는데, 가슴이 턱막힌 듯한 기분이 들었을 정도로 강렬한 눈빛과 고집 셀 것 같은 턱 모양을 하고 있었다. 부여인들은 좋아하는 음식이나 옷, 사는 집을 물론이고, 믿는 신들도 현재의 우리와 달랐을 가능성이 농후하다.

'부여(夫餘, 扶餘)는 생각보다 오랜 역사를 가진 나라였다. 『산해경』이나 『상서대전』의 기록들을 제외하더라도 『사기』나 『한서』 지리지 등의 자료를 보면 건국한 연대를 기원전 4세기까지도 올려볼 수 있다. 따라서 원조선을 제외하고는 가장 먼저 국가로 등장했다. '북부여', '해부루의 동부여', '홀본부여(고구려)', '갈사부여', '또 다른 말기의 동부여', '남부여(백제)', '부여말갈', 발해에 흡수된 '두막루'에 이르기까지 다양한 이름으로 탄생하고, 부활하면서 무려 900년 이상 존속했다. 아마 '두막루'라는 이름은 처음 들어봤겠지만, 한국 역사에서는 아주 특별한 의미를 지닌 부여 유민들이 세운 나라다.

그래서 나는 우리 고대 역사에 대해 가야까지 포함하여 '5국 시대'라는 용어로 쓰자고 주장했었다. 그만큼 부여는 아주 오랫동안 이름을 바꿔가며, 이동해가며 역사를 지켜 왔기 때문이다. 당연히 건국 신화를 비롯한 여러 신화도 있고, 문화도 여러 가지 형태로 발달했을 것이다. 그리고 그 시대의 동아시아 또는 한민족의 지적인 상황을 고려해 보면 분명히 역사책이 여러 권 있었을 것이다. 설사 역사책은 없을지라도 어떠한 형태로든 자신이란 존재를 확인하고, 알리며, 전승시키려고 여러 가지 방법으로 노력했을 것이다. 그렇다면 훗날 투르크나, 발해, 거란, 여진처럼 자신들의 기호들을 만들고 활용했을 것이다. 하지만 유감스럽게도 지금은 남은 것이 별로, 아니 거의 없을 정도다. 그런데다가 또 다른 문제도 많았다. 따라서 아쉽지만 부족하고, 왜곡된 자료들을 갖고 역사를 찾고 이해하는 방법밖에는 없다.

우선 정체성의 핵심인 '국호'를 살펴보자.

국호는 '부여'가 맞다는 것은 모든 자료에서도 입증된다. 하지만 단어의 의미는 확실하지 않다. 고대 사회에는 불확실하고 불투명한 것이 많았다. 더구나 자체적으로 만든 글자가 없을 경우에는 말을 매개로 한 전승이 불가피하므로 신화나 설화의 형태를 띤 경우가 많다. 거기에다가 혼란을 더 가중시키는 요소들이 있다. 자기와 관련이 없거나 비우호적인 집단, 심지어는 적대 국가가 문자를 가졌을 때에는 악의적인 왜곡까지 자행된 경우가 많다. 특히 우리 고대 역사는 바로 옆에 '한자'라는 방대하고 정교한 한자를 사용하는 '중국'이라는 거대한 체제가 있기 때문에 불리한 전형적인 예다.

우선 부여라는 한자도 '夫餘(부여)', '扶餘(부여)'의 두 가지가 나온다. 중국 사료들은 주로 '夫餘'라고 썼고, 우리도 보통 그렇게 알고 사용한다. 광개토태왕이 살아있을 때 대사자라는 높은 벼슬에 있던 모두루의 무덤에서 발견된 묘지석에는 북부여, 즉 '夫餘'라는 글자가 쓰여 있다. 또 그보다 조금 늦게 만들어진 광개토태왕의 비문에도 '夫餘'라고 새겨넣었다. 하지만 『삼국유사』에는 '扶餘'라고 쓰여 있다.

우리가 '부여'라고 발음하는 그 말은 그 시대에는 지금과 약간의 차이가 있을 수 있지만 기본적으로는 동일할 것이다. 일종의 차음법, 즉 발음을 빌려 썼을 것이다. 그것을 전제로 여러 학자가 견해를 밝혔다. 어떤 사람들은 백제에서 마을 또는 수도를 뜻하는 '소부리'라는 용어에서 찾는 경우도 있다. 성왕 때에는 60여 년 동안 수도 역할을 했던 웅진 즉 고마나루를 떠나 부여 지역인 '사비(泗沘)'로 옮겼다. 그는 국호를 '남부여'라고 바꾸었는데, 이는 백제는 물론 한국 고대 역사에서 굉장히 중요한 사건이다. 그런데 그 '사비'를 『삼국사기』는 「백제 본기」와 지리지 두 군데에서 사비를 '소부리(所夫里)'라고 보완하는 주를 달았다. 그러니까 사비와 소부리는 동일한 지명을 각각 다르게 표현한 것이다. 그래서 이 '소부리'라고 읽은 글자를 두고 부여와 연결시킨 것이다.

또 하나는 부여가 들판(伐·弗·火·夫里)을 뜻한다는 설이다. 이는 신라의 '서라벌', '서울'도 들판을 뜻한다고 해석하는 사람들의 주장이다. 그런가 하면 '불', 즉 '밝음'을 의미한다는 설도 있다. 해모수와 연관된 건국의 배경, 건국 신화의 내용, 풍속 등을 고려하여 펼친 주장이다. 그리고 또 하나가 있다. 사슴을 뜻하는 만주어의 'puhu'와 관련이 깊다는 설이다. 『자치통감』에는 부여 사람들이 처음에는 '녹산(鹿山)'에 거주하였다는 기록이 있다. 사실 부여 지역에는 사슴이 많이 서식했다. 실제로 중만주 일대에 남아 있는 소수민족들, 부여나 두막루와 연관된 퉁구스계의 종족들은 사슴과 연관된 신앙을 갖고 있다. 실제로 흑룡강 중류에 있는 작은 도시인 동강시를 답사한 적이 있었다. 주민들은 퉁구스계인 혁철(헤젠, 나나이)족이었는데, 샤먼이 사슴 형태의 모자 같은 마스크를 쓰고 의례를 행하는 자료를 보았다. 또 근처의 지역에서는 사슴뿔 모양의 철제 관들을 사용한 것을 확인했다. 아무튼 생태환경이 사슴과 연관이 깊은 것은 분명하다.

그런데 사슴이 부여라는 국명의 기원이 된다고 주장하기에는 무리가 있다. 왜냐하면 그 시대에는 중국 지역은 물론 동아시아 지역, 우리 역사에도 동물의 이름으로 부족명을 짓거나 국명을 짓는 예는 없었다. 물론 우리를 가리킬 때 일부 기록에서는 동물인 '맥(貊)'을 쓴 경우는 있었다. 그런데 부여는 건국할 당시부터 문화가 발달했고, 왕을 칭하는 등 정치체제가 확립된 나라다. 뿐만 아니라 거의 6세기 중반까지 존속했는데, 그 시대에 동물 이름과 연관된 국명을 고집했을 가능성은 거의 없다.

그런데 또 하나 알아야 할 사실이 있다. 우리는 왜 몇몇

나라가 꼭 '부여 정통성'을 고집했을까를 생각해 보아야
한다. 고구려는 물론이지만 백제가 그러했고, 부여도 멸
망한 후에는 새끼를 쳐가면서 이름을 고수하였으며, 마지
막에는 두막루국이 발해에 흡수될 때까지 정체성을 지켰
다. 결국은 이들은 모두 부여계의 한 뿌리인 것이다. 한국
인들은 수천 년 동안 이러한 계통성을 지켜온 역사와 인
식이 얼마나 거대하고, 독특한 것인지는 잘 모른다. 역사
학자로서 말하지만 지구 상에서 우리처럼 완벽한 공동체
적인 역사를 이루어온 집단은 거의 없다. 특히 중앙아시
아에서 살면서 유라시아 세계를 오고가는 나로서는 거의
기적같이 보일 뿐이다. 우리는 어떻게 그러한 역사를 갖
게 되었는지 그 이유를 알아야만 한다. 우리 역사의 근간
은 물론이고, 인간인 우리 자신을 이해하는 데 큰 도움이
되기 때문이다.

　또 하나가 있다. 현재 역사학 또는 역사를 연구하는 사
람들, 더 나아가 우리나라의 지성계에 대한 반발의식과
저항감도 있다. 해모수는 아주 오랫동안, 적어도 몽골로
부터 지배를 당한 이후부터니까 700여 년 동안 모든 사람

에게 외면당했다. 심지어는 근대가 시작되고, 역사학이라는 학문이 시작되었는데도 마찬가지였다. 더구나 우리는 일본에 지배당하는 식민지 생활을 40년 가까이 하지 않았는가? 그렇다면 당연히 한민족의 정체성을 찾는 작업은 근대 역사학(histography)이 가진 제1의 의무였다. 그럼에도 불구하고 우리 자신에 대한 자의식이나 정체성의 중요성을 인식하는 풍토는 조성되지 못했다.

전통 역사학에서 근대 역사학으로 이행하는 과도기의 자강사학이나 이후 독립전쟁과 더불어 활동을 시작한 초기의 근대 역사학자들에게 한민족의 뿌리인 원(고)조선의 건국, 반만년의 역사, 단군의 존재, 고구려, 단일민족 등의 용어와 담론들은 학문 이상의 것이었다. 더구나 넓은 영토를 가졌고, 한때는 중국의 나라들보다 강했으며, 일본 열도의 나라들은 상대조차 되지 않았던 강력했던 고구려는 우리에게는 역사 그 이상이었다. 오죽하면 일본이 합병한 지 얼마 지나지 않았는데도 한민족의 뿌리를 왜곡하는 작업을 본격적으로 추진했을까? '조선사편수회'를 설립했을 때는 역사를 연구하고 기술하는 지침인 요강을 구체적으로 만들었을 정도였다.

그런데도 우리 역사학계는 우리 고대사를 외면했고, 그 것을 연구한 민족주의 사학자들을 배척하면서, 학문까지도 왜곡시켰다. 이는 역사의식과 학자로서의 소명감이 부족했기 때문이다.

물론 그들이 해모수에 관심을 기울이지 않은 데에는 또 다른 이유들도 있다. 그 가운데 하나는 『삼국유사』 등에 기록된 '단군'처럼 신화체로 쓰여 있어서이다. 해모수에 대해서는 실제로는 자료들이 부족하다. 더 정확하게 말하면 문자로 표현된, 신뢰도가 높다고 인식되는 문자 자료가 아주 부족하다. 하지만 그렇다고 해서 존재와 그러한 사실들 자체가 희석되거나 부정되는 것은 절대 아니다. 이는 지식인들이 신화의 정의를 제대로 모르거나, '조선사편수회'의 요강에 언급했듯이 일본인들에게 이용당한 측면이 강하다.

또 역사를 정치나 외교를 중심으로 편향적으로 연구했기 때문이다. 실제로 생활에 중요한 경제나 문화, 사상 등에는 관심을 쏟지 않은 탓이다. 물론 정치권력을 상실하여 식민지 생활을 하거나 강대국에 굴종할 수밖에 없는 상황도 있었지만. 조선시대 이래 꾸준히 답습해 온 권력 지향적인 지식인들의 병폐를 채 극복하지 못한 것도 큰 이유라고 본다. 왜냐하면 아직도 그러한 경향을 고수하기 때문이다.

나는 직접 보고 겪은 고구려 유적들, 만주의 자연과 생태, 사람들 등을 고려하면서 여러 사실을 재발견했고, 여러 이론을 만들었다. 그러면서 역사학자나 소위 지식인들의 의식, 연구 방식 등의 한계를 지적했다. 그러니까 내가 해모수라는 존재에 집착하는 이유 가운데 하나는 지식인들의 잘못된 통념과 한국 사회의 한 흐름에 저항하는 반발심이다.

2. 해모수라는 존재의 의미와 역할은 무엇인가?

이러한 문제의식을 갖고 있는 나 또는 우리에게 이 글, 즉 '해모수'라는 존재가 지금 새삼 필요한 이유는 무엇일까?

천천히 찾아가겠지만 일단 몇 가지를 선험적으로 정리해보았다.

첫째, '해모수'로 인하여 발생한 사건들과 역사적인 상황이 많기 때문이다. 조선, 단군, 부여, 그의 아들인 추모(주몽)가 세운 고구려에 이르기까지 연관이 깊다. 해모수는 동부여가 이동하는 과정, 홀본부여가 건국하는 계기 등과 직접적으로 연관되었다.

둘째, 그는 북부여라는 국가의 '천제'다. 천제라는 말이 가진 의미는 크다. 하늘의 임금이라는 뜻이다. 고구려는 심지어 414년에 광개토태왕비를 세우면서 첫째 줄에다 추모가 북부여 천제의 아들이라고 선언했다. 비슷한 용어들이 황천, 일, 천왕, 천왕랑, 태왕 등이다.

셋째, 해모수가 임금이었던 북부여 또는 부여가 한국 역사에서 차지하는 비중은 매우 크다. 어쩌면 기원전 4세기부터 7세기까지는 존속했을 것이다. 우리 역사에서는 부여계이거나 부여계와 연관이 깊은 나라가 많다. 뿐만 아니라 우리를 괴롭혔고, 동아시아는 물론 유라시아 세계에 엄청난 파장을 일으켰던 선비와 거란, 숙신(말갈, 여진 등)은 물론 몽골도 간접적으로 연관된다.

넷째, 우리 민족에게는 고대부터 시조신 신앙이 활발했던 사실을 확인시켜 준다. 해모수의 부인인 '유화'는 부여뿐만 아니라 고구려가 존속하는 내내 '부여신' 또는 '신모'라고 불리며 숭배를 받았다. 내 이론에 따르면 살아있는 '헌장(CHARTER)' 역할을 담당했다. 그리고 유화 신앙은 고려와 조선을 거쳐 근대 초까지도 계속되었다.

다섯째, 고대 한민족 영웅 신화의 기본틀을 보여주고, 우리의 신앙이나 종교, 풍속 등을 이해하는 데 도움을 준다. 해모수에 관련된 기록들 가운데에는 역동성과 다양성, 풍부한 신화소들과 문화 요소들이 혼재되어 있다. 또한 우리의 문화 단계가 변천하는 과정을 짐작하게 해준다.

여섯째, 시대마다 해모수와 연관된 기록들을 해석하는 시대적인 관점과 서술하는 방식이 있다. 이것들의 비교를 통해서 시대 상황과 시대정신을 이해할 수 있다. 내게는 가장 중요한 관심과 연구하는 이유이기도 하다. 사실은 해모수와 연관된 기록들은 어떤 면에서는 단군신화보다 더 많은 형태로 해석되고 전승되었다. 예를 들면 414년에 세운 광개토태왕비문, 광개토태왕이 재위할 때 만든 모두루총의 묘지석, 고분벽화 등에 담긴 내용들은 해당 시대, 당사자들의 직접 기록이다. 하지만 이후에도 시대마다 다른 사람들이 다시 해석을 첨가하면서 다시 기록했다.

고려시대에는『구삼국사』를 근거로 해서『삼국사기』의

「고구려 본기」나 『삼국유사』, 이규보의 「동명왕 편」 등을 썼다. 조선시대에는 『세종실록지리지』 등에 그와 연관된 기록들이 있고, 실학자들도 관심을 가지면서 관련된 글을 썼다. 뿐만 아니라 중국의 기록들이 있다. 물론 현대에도 이런 작업은 계속되었고, 나 또한 논문뿐만 아니라 시들을 썼다. 나는 그의 행위를 체현한다고 표방하면서 '해모수'라는 이름의 뗏목을 타고 탐험을 시도했으며, 그 경험을 토대로 '해모수'라는 이름의 책을 썼다. 하지만 역시 이러한 많은 사료는 집필 목적에도 문제가 있고, 또한 시대적인 한계가 있다. 그러므로 이러한 기록들 또는 서술들의 일부는 일단 1차 사료의 자격을 갖기는 힘들다.

지금부터는 이러한 문제의식들을 갖고 '해모수'의 모든 것, 그리고 그와 연관된 고대 역사와 문화들을 살펴볼 것이다. 하지만 이 글은 분명히 역사학 논문이나 전문 서적이 아니다. 역사학자의 시각을 조금은 벗어나서 비교적 자유롭게 쓸 예정이다. 서술 형식이나 문체 등은 물론이고, 다른 분야의 학문이론들도 과감하게 빌려올 생각이다. 특히 해모수라는 존재는 유화와 더불어 신화적인 색채로 표현되고, 전승되었으므로 언제든지 이 시대의 신화로 재생시킬 필요가 있고, 또한 일부 사람들에게는 의무이기도 하다. 그래서 보통 '주몽신화'로 유형화된 기록들의 내용들 가운데 일부분은 따로 분류하여 '해모수신화'라고 명명하면서 해석 대상의 촛점을 약간 변형시킬 예정이다.

2부

해모수의 이해 ─
역사와 연관하여

1. 해모수는 어떤 인물일까?(자료 소개)

'해모수'

이름 자체가 특별한 의미, 뭔가 희망과 기운을 줄 것 같은 어감을 가진 것 같다.

'아우라'가 물씬 풍긴다.

우선 나는 간단하고 핵심적인 질문을 다시 던지려고 한다. 많은 사람이 여전히 혼동을 일으키는 것 같기 때문이다. 해모수는 신화적인 인물인가? 아니면 역사적인 인물인가? 즉 다른 말로 표현하면 '해모수는 가공의 인물인가? 역사적인 인물인가?'로 대체할 수도 있다.

아니면 이렇게 질문하면 어떨까?

해모수는 정말 북부여라는 나라의 임금이었고, 주몽을 낳아서 고구려를 건국시키는 데 결정적인 역할을 담당한 실재 인물인가?

그렇다면 당연하게 이러한 궁금증이 생길 수밖에 없다. 우선 실제로 북부여라는 나라가 있었을까? '부여'가 아닌 '북부여' 말이다. 영어로 번역하면 'north 부여'다. '동(east) 부여'도 있었고, 또 훗날 부여계인 백제도 사비성(부여) 지역으로 수도를 옮긴 후에는 '남부여' 즉 남쪽 부여(south 부여)라는 국호를 사용했다. 그 시대의 부여인들은 자신들의 정체성의 핵심인 '국호'나 '국명'을 방향으로 구분한 점이 확인된다.

물론 다른 나라의 역사에서 방위로 정치체들을 구분하거나 국명으로 사용한 경우를 본 적이 있다. 우리와 아주 가까운 곳에 있는 '중국'에서는 그러한 경우가 많다. 중국의 고대문화에서는 자신들이 있는 공간을 중앙, 즉 중화라고 부르고 나머지 이민족들은 오랑캐라고 하면서 '남만', '북적', '서융', '동이'라고 해서 방위명으로 구분했다.

고구려의 발전기에만 하더라도 선비족의 한 갈래인 탁

발부가 주도한 북위는 후에 동위, 서위로 분열되었다. 그리고 다시 북제와 남제라는 이름으로 분열되었다. 그러다가 같은 선비족 출신인 양견에게 통합되어 수나라로 변신했다. 흉노인들도 거대한 제국으로 변신하자 북흉노, 남흉노로 나누어졌고, 투르크인들도 동돌궐과 서돌궐로 분열되었다. 거란족이 10세기 초에 세운 요나라도 후에는 멸망하고, 유민들은 서쪽으로 탈출하여 중앙아시아에 '가라키타이'라는 제국을 건설했다. 이 요나라를 중국 사서에는 서요(흑요, Kara Quitai)라고 구분해서 불렀다. 서양사에서도 마찬가지이지만 대표적인 예는 서로마 제국, 동로마 제국이다. 그런데 이러한 국가들의 명칭이 방위를 따른 것은 실제 국명일 수도 있지만, 대부분은 관용어이거나 타자 또는 후세 사람들이 편의상 부른 것이다.

그렇다면 북부여는 대체 어떤 경우에 해당하는 것일까? 이 문제는 아주 중요하다. 부여뿐만 아니라 이전인 원조선의 정치체제와 영토 등을 정하는 데도 중요한 가늠이 되기 때문이다. 부여라는 이름의 국가들은 선후 관계도 아닌 것이다. 그렇다면 거의 동시대에 병립했을 가능성도 농후한 것이 아닌가? 실제로 기록들을 살펴보면 북부여와 1차 동부여는 거의 비슷한 시대에 존재했음을 알 수 있다.

그런데 나중에 다시 말하려고 하지만 '국(國)'의 성격을 잘못 이해하면 안 된다. 그 '국(國)'은 우리가 생각하는 '국가(stste)'는 아닌 것이다. 실례로 '국가'라는 용어는 영어의 'state'를 일본이 근대화되는 과정에서 번역하면서 만든 조어다. 그러니까 그 이전에는 '국'이라는 용어를 사용했고, 작은 규모의 국은 실제로는 'polis', 'city state' 정도에 해당하는 경우도 많다. 예를 들면 삼한은 마한, 변한, 진한에 속한 더 작은 소국들이 78개가 되는 아주 독특한 체제였다. 유사한 혈연, 언어, 그리고 동일한 신앙을 가진 한은 삼한으로 나뉘어져 거대한 연맹을 이루면서 각각 독자적으로 정치행위를 했을 것이다. 그런데 각각의 한에 속한 작은 나라들은 한정된 자치권을 갖고 있었던 마을이었으므로 정치나 외교 등에서는 자율권을 가질 수 없었을 것이다. 아테네와 스파르타가 느슨한 연맹체로 구성된 그리스 세계에서 패권을 다툴 때는 각각의 폴리스들 간에도 동맹과 분열을 반복하면서 생존을 유지했다. 고대에는 지중해나 흑해의 둘레, 중앙아시아의 반사막 지역에서는 가능한 체제들이다. 일본 열도의 '왜(倭)' 속에도 거의 비슷한 양상을 보였다. 중국 자료들을 보면 왜라는 질서 속에는 기원을 전후한 시대에 100여 개의 국(나라)들이 있었고, 기원후 3세기 전반에는 통일전쟁을 거친 후에 국(國)들의 규모가 커져서 '히미꼬(비미호)'라는 무당이 다스리는 야마다이국 등을 비롯한 30여 국이 있었다는 것을 알 수 있다. .

동만주나 북만주는 산과 숲이 많은 생태환경을 지녔다. 이러한 지역에는 7~8세기까지 크고 작은 나라가 많이 존재했다. 따라서 보통 다 '국(國)'이라고 표현하지만 시대와 지역, 상황에 따라서 성격, 즉 규모나 체제 등은 각각 달랐을 수밖에 없다.

강력한 정치 세력이었던 조선이 붕괴한 공백 상태가 되면서 부여나 고구려의 전기에는 둘레에 이러한 형태와 규모의 소국이 많았다. 그러니까 북부여, 1차 동부여는 비록 같은 종족이지만, 각각의 거주 지역은 조금 떨어진, 다른 부족들로 구분된 국가였을 것이다. 만약 그 지역이 농경적인 요소가 강하고 인구가 집중된 지역이라면 일종의 '도시국가'라고 불러도 좋을 듯하지만, 북부여의 경우는 알 수가 없다.

사실 중국이라는 큰 역사체는 소위 거대한 '국가(國家)' 또는 근대 용어인 강력한 통일제국이 아니다. 또한 우리가 말하는 중국문화와 질서를 만든 주역들이 활동한 지역은 서해와 가깝고 황하의 하계망이 발달한 내륙의 평야 지역이었다. 그리고 그 지역은 한족뿐만 아니라 만주 일대에서 살아온 종족들, 몽골 초원 등에서 살던 주민들이 내려와서 세운 나라도 많았다.

그러니까 우리는 생각을 바꿀 필요가 있다. 우리가 중국이라고 막연하게 생각하고, 부르는 지역이나 나라들은 정치적인 이익이나 내부에서 벌어지는 지역 간의 권력 쟁탈전 등으로 인하여 분열되었다. 심지어는 한 나라가 여러 나라로 분열된 적이 많았다. 중국 역사의 전체 기간을 놓고 비교해보면 실제로는 전 역사에서 반 정도의 기간에만 통일국가를 이루었다. 그것도 한족이 아닌 이민족이 통일시킨 나라가 많았다. 예를 들면 수나라, 당나라, 원나라, 청나라 등이다.

그러한 과정에서 나라의 명칭을 표현하는 데 다소 혼란을 느낄 수밖에 없었다. 그러다 보니 방위로 나라를 구분한 경우도 결코 적은 편은 아니다.

이러한 의문이 또 든다.

해모수는 과연 신화상의 인물인가?

왜냐하면 그런 주장을 하는 사람들이 종종 있기 때문이다. 그에 관해서 알려진 대부분의 사료를 문장 그대로만 갖고 판단한다면 신화적인 인물로도 이해할 수 있다. 내용이 가장 풍성하고, 요즈음의 용어로 표현하면 문학성과 신화성이 뛰어난 대표적인 기록은 이규보가 쓴 『동국이상국집』의 「동명왕 편」이다. 거기에서 그가 역사에 등장하는 과정은 정말 감동적이고, 격정적이며, 예측불허다. 이미 유교적인 사고에 젖어온 조선의 선비들에게는 말할 것도 없지만, 심지어는 현대에 사는 우리들의 도덕 개념으로는 받아들이기 어려운 점도 많다.

일연은 『삼국유사』에서 단군에 관한 기록을 하면서 『논어』에서 나온 '괴력난신(怪力亂神)'이라는 용어를 미리 사용했다. 김부식은 이러한 특성 때문에 『삼국사기』를 편찬하면서 해모수와 관련된 기록을 많이 생략한 것이다. 해모수에 대하여 가장 많이, 또 문학적인 향취가 가득 찬 표현으로 기록한 이규보도 해모수 또는 주몽과 연관해서 이러한 표현을 썼다. "『구삼국사(舊三國史)』에 실린 「동명왕 본기」는 그 내용을 깊이 알고 보면 요술이 아닌 '성(聖)'이요, 귀신이 아닌 '신(神)'이다. ~" 즉 문장을 읽어보면 『구삼국사』라는 책에 실린 「동명왕 본기」에는 허황된 표현이 쓰여 있지만, 사실은 가치가 높고, 사실이라고 생각한다는 것을 선언한 것이다.

어쨌든 이규보뿐만 아니라 같은 시대를 살았던 일연, 이승휴, 심지어는 그 전 시대의 인물인 김부식 등도 다 이러한 인식을 가진 것은 분명하다. 더구나 『구삼국사』 등의 역사책들을 인용한 사실을 보면 해모수의 신화적인 형태들은 다른 역사책들에도 기록되어 있었던 것이 분명하다. 또한 민간에서도 아주 널리 알려졌고, 사람들에게도 익숙했음을 알 수 있다. 내 생각에는 '해모수' 이야기는 민간에서 더 널리 알려졌고, 고려 후기까지도 사람들이 입에서 입으로 전달하고 이야깃거리로 활용했을 것이다. 그렇다면 더더욱 설화나 신화체의 형식으로 표현되었을 수밖에 없다.

언젠가 하나의 사실을 깨닫고 깜짝 놀란 일이 있었다. 많은 고구려 고분 가운데 평양의 '천왕지신총'이 있다. 그 무덤의 벽화에는 한 선인이 고니 또는 학을 타고 하늘을 나는 그림이 있는데, 그 사람 머리 위에는 '천왕(天王)'이라는 묵서가 있다.

그런데 이규보는 자기가 쓴 서사시에서 해모수를 '천왕랑'이라고 표현했다. 고구려 고분을 열어 보지 않은 고려인들이 동일한 표현을 쓴 것이다. 이는 오랫동안 이야기로 전해져왔음을 방증한다. 나는 그 그림을 유독 좋아해서 1980년에 첫 시집을 출판했을 때는 제목을 '신단수'라고 했고, 표지는 그 '천왕'이란 글자가 쓰인 새를 타는 신선이 있는 부분으로 했다.

다음 장에서 구체적으로 살펴보겠지만, 동명신화 가운데에서 특히 해모수와 연관된 부분은 신화적인 분위기가 아주 강하다. 서양인들이 세계의 여러 지역에서 다양한 신화를 연구하면서 내린 전형적인 신화의 정의가 있다. 우리 문화사에서 그러한 전형적인 신화에 가장 가까운 것은 내 판단으로는 해모수와 연관된 기록이다. 우리에게 너무나 잘 알려진, 오히려 우리 것보다 먼저 알게 된 그리스신화나 로마신화, 심지어는 게르만이나 바이킹 신화를 연상시킬 정도다. 놀라운 일이지만 그리스신화에 등장한 인물들, 성격, 행동들과 아주 흡사하고, 이야기의 구조가 유사하다.

해모수는 하늘신이며 태양신인데, 하늘에서 일종의 전차를 타고 내려온다. 주위에는 100명의 새(고니)를 탄 신들이 호위한다. 그는 제우스처럼 번개, 바이킹 신화의 토르처럼 천둥망치 같은 신비한 무기를 휘두르지는 않았다. 하지만 '용광검'이라는 이름부터 무시무시하고 화려하고, 거기다가 성스러운 이미지까지 담긴 특별한 가치를 지닌 칼을 찼다.

또 있다. 그는 머리에 까마귀깃으로 장식한 끝이 뾰족한 관(오우관)을 썼다. 제우스나 바이킹의 토르가 쓴 왕관일 수도 있고, 초원의 유목민들이 쓴 황금관일 수도 있다. 우리 문화와 연결된 것으로 잘 알려진 알타이 산록의 파지리크 고분이나 천산 자락의 이식 고분에서 발견된 황금인간이 쓴 황금관과는 이미지가 무척 흡사하다.

실제로 고구려인들이 항상 새 깃이 달린 모자를 쓰고 다녔던 사실은 벽화뿐만 아니라 중국의 여러 기록, 심지어는 그림에서 확인할 수 있다. 절풍이다. 내가 사는 사마르칸드의 외곽인 아프로시욥궁전에서 발견된 벽화에는 모자 양쪽에 새 깃을 꽂은 고구려 사신 2명이 그려져 있다. 이렇게 해모수는 하늘신인 제우스 또는 어떤 때는 태양신인 아폴로의 모습을 보인다. 다른 나라의 시조 영웅들이 등장하는 과정, 모습 등과 너무나 비슷하다.

또 해모수신화에는 부인인 유화부인이 등장한다. 결국 그녀는 알로 탄생한 아들을 낳았고, 그가 고구려를 세운 주몽이다. 그 때문에 그녀는 부여에서도, 고구려에서는 끝까지 신모로서 숭배되었다. 여러 기록을 보면 고구려에는 그녀를 모시는 신당이 여러 곳에 있었다. 『구삼국사』를 인용한 『동국이상국집』에는 유화 외에도 동생인, 원추리꽃이라는 의미를 지닌 '훤화(萱花)', 갈대꽃이라는 '위화(葦花)'도 함께 등장한다. 이 3명의 여신이라는 모티브는 동서고금을 막론하고 신화에서 자주 등장하는 존재이자 구조다. 조르쥬 뒤메질이 주장한 '3기능체계 이론(Tri-functional ideology)'과 연관되어 있을 수 있다. 나는 1980년 초에 논문을 쓸 때 『삼국유사』의 단군 기록을 근거로 '환인', '환웅', '단군'을 이 '3기능체계 이론'으로 설명한 적이 있다. 실은 어디나 보편적인 3(Trinity)구조다. 가장 잘 알려진 예가 그리스신화의 '헤라', '아테네', '아프로디테'로서 서로 비교할 수 있다.

　그리고 많은 세월이 흐른 후에 부여의 한 부분이었던 숙신의 후예인 여진족들이 역사에 본격적으로 등장한다. 신라가 멸망하고 고려가 세워질 무렵이었다. 여진의 일파인 건주여진의 누르하치가 시조가 되는 기원 설화에서 이 내용을 그대로 차용했다. 그만큼 소위 만주 지역에서 유화라는 존재 또는 여신의 위상은 높았던 것이다. 이 부분은 다음 장에서 유화부인을 다루면서 더 소개할 예정이다. 그 밖에도 나중에 신화적인 관점으로 더 자세하게 설명하겠지만 해모수와 연관해서는 신화적인 요소가 너무나 풍부하다. 그러므로 해모수가 실은 우리 고대문화 전반에 등장하지만 고려나 조선의 유학자, 성리학자들은 오로지 허구일 뿐이라는 오해를 받기 십상이었다. 그리고 근대 이후에 들어온 서양 문화의 영향을 받은 지식인들은 오해된 신화라는 통념을 갖고 평가했던 것이다.

하지만 '북부여'라는 정치체 또는 나라는 분명히 존재했다. 또는 해모수였을 북부여의 천제의 존재는 그 시대에 만들어진 광개토태왕비문이나 역사책들, 그리고 중국의 일부 역사책에도 기록되었다. 또 어쩌면 그의 나라이었거나 밀접하게 연관되어 있는 중국 사료에 '고리', '색리', '탁리', '구려' 등으로 기록된 사례도 분명히 있었다.

무엇보다도 나중에 상세한 예를 들겠지만 우리 역사에는 부여계 나라가 많았다. 해모수가 통치했던 나라는 명칭이 어떠하든 존재했고, 그 나라는 북부여였다. 그래서 해모수를 북부여의 시조로서 여기고 받들었다. 그렇다면 표현 방식이 어떠하든 역사적인 인물임이 분명하다. 북부여의 최고 책임자인 천제는 어떤 기호로 표현되었고, 그 기호는 현재로서는 해모수라고 볼 수밖에 없다.

여기서 다시 한번 한마디 하고 싶다. 많은 학자들과 사람들은 신화의 개념과 정의를 오해하고 있다. 물론 이는 우리나라에만 있는 독특한 현상이다. '신화학(mythlogy)' 이라는 근대 학문이 들어온 시기는 역시 일제 초기다. 일본이 소개한 서양 학문이다. 역사학이 시작되면서 일본인들이 불순한 마음을 갖고 신화에 대해 잘못 심어준 탓이다. 거기에다가 식민지라는 특수한 상황까지 더해져 신화의 오해의 폭이 넓어진 것이다. 일연이 집필한 『삼국유사』의 고조선 조항에 대한 해석과 가치를 그릇되게 평가하는 일은 사실 식민지 통치를 하는 데 필요했다. 실제로 조선사편수회가 밝힌 편수 조항에는 이러한 지침이 실려 있다.

신화의 정의는 간단하게 정리해야 한다. 왜냐하면 이 해모수와 관련한 자료들은 대부분 신화와 연관되는데, 신화에 대한 정확한 정의를 모르면 계속 오해할 수 있다. 또한 나의 이론과 주장들을 쉽게 받아들이기 힘들기 때문이다. 신화는 역사성과 설화성을 함께 지니고 있다. 역사적인 사실을 근거로 설화체 형식으로 만들어 전승하는 것이 신화다.

해모수와 관련된 내용들은 이러한 신화의 개념을 적용하고, 또 다른 지역의 유사한 신화들을 비교하면 오히려 역사성이 매우 강한 편이다. 더 분명하게 말하면 역사적인 사실을 바탕으로 '신이성', '정통성', '고구려의 부여 계승성' 등을 강조할 목적으로 신화체의 형식으로 서술하고 전달된 것이다. 그러므로 그가 등장하고, 활동하는 내용들은 사실을 근거로 하면서도 설화체로 표현되었다. 또한 고대라는 특성으로 보면 시조는 어느 지역을 막론하고 다 당연히 신앙의 대상이 되었다. 실제로 시조신으로 모셔졌다. 나는 사실과 허구가 종합된 신화라는 개념을 존중하면서 해모수라는 존재를 다양하게 살펴보고자 한다.

또 하나의 질문을 던지고 싶다.

그는 영웅인가? 단순한 정치 지도자인가? 실은 이런 질문을 하고 싶다. 이 시대에도 영웅이 필요한가? 또는 역사상에서 영웅적인 인물들이 필요할까? 당연히 필요하다. 앞으로도 영원히 필요하다. 영웅들의 존재나 필요성을 인정하지 않는 사람들은 자신이 영웅이 되고 싶은 마음이나, 시기심 때문에 그런 것이다.

인류에게는 영웅들의 시대, 혹은 신화시대가 있었다. 영웅들은 대다수 인간이 할 수밖에 없는 구체적인 삶과 활동 등을 낭만과 감동이라는 껍질(外皮) 속에 감싼 채 적지 않은 시간 동안 역사 활동을 주재하였다. 그리스처럼 영웅들의 시대에는 사실과는 관련 없이 인간에게는 어쩌면 가장 낭만적이고 행복감을 충족시켜 주던 시대였는지도 모른다. 불안하고 힘겨운 삶을 살아가는 인간들은 자신들의 능력을 완전히 뛰어넘을 정도의 사건이나 사물을 대하는 경우가 많았다. 그때 인간이 할 수 있는 거의 유일하고, 손쉬운 방법은 생각의 변화, 즉 인식의 전환이었다. 그래서 인간은 신(神)의 이름이나 모습을 빌어와 어려운 문제들을 해결하려고 시도하였다. 영웅은 높고 넓고 푸른 하늘을 마음껏 날고 거대한 자연현상과 당당하게 맞서며 극복하고 때로는 자연현상을 주재하는 모습마저 보였다. 영웅은 신과 인간 사이를 오고 가면서 적당히 자기의 위치를 조정하면서 삶의 질을 고양할 수 있는 능력을 지녔다.

제우스신과 맞서면서 불을 훔쳐와 인간에게 가져다 준 프로메테우스처럼 인간을 가장 무서운 공포 속으로 몰아넣었던 천둥과 벼락, 화산의 폭발과 지진 등도 불러오거나 잠재울 수 있었다. 무시무시한 괴물이 살아가는 바다에서는 거대한 파도를 아기 다루듯 하면서 잠재울 수 있었다. 그뿐만이 아니었다. 동일한 자연의 피조물인데도 인간보다 신체적 조건이 우수하다는 하나의 이유로 인해서 인간의 생명을 식량의 한 부분으로 했던 맹수들 역시 신과 영웅의 이름과 모습을 빌려서 가볍게 다룰 수가 있었다.

허약한 인간이 찾아낸 묘수, 신의 한 수는 바로 '영웅'이라는 제작품이었다. 능력을 갖춘 특별한 존재들. 이미 신이 사라진 시대에도 인간은 영웅이 필요했고, 지금도 늘 새로운 영웅을 창조하면서 살아가고 있다. 인간이면서 신인 해모수와 연관된 이야기와 기록들은 전형적인, 내가 판단하기에는 세계적으로도 뛰어난 영웅 신화다. 그리고 어차피 해모수는 기록에 실린 내용들이나 실제로 거둔 업적을 보면 당연히 영웅이다.

자, 우리는 이제까지 해모수라는 존재가 왜 필요한지를 살펴보았다. 이제는 다음 단계로 그가 누구인지? 개체로서의 해모수가 어떤 존재인지 살펴보는 단계에 온 것 같다.

의인화된 존재인 해모수.

그는 신일 수도 있고, 가공의 인물일 수도 있다.

도대체 그는 누구일까?

두서없이 떠오른다. 사실 그가 누구인지, 그의 정체를 제대로 아는 사람은 없다. 전공자인 나마저도 정확히는 모른다. 하지만 나뿐만 아니라 한국 사람들은 누구라도 궁금해할 것 같다. 심지어는 내가 있는 중앙아시아에서도 많은 사람이 '해모수'를 알고 있다.

2년 전에 사마르칸드대학교에 처음 부임하면서 나를 소개할 때였다. 전공을 고구려사라고 했더니 학생들이 놀라면서 웅성웅성거렸다. 그러더니 웃는 표정으로 '주몽', '주몽'이라고 한마디씩 했다. 그러더니 '해모수'라는 말도 나왔다.

　나는 즉시 노트북에서 파일을 열어 내가 1982년도, 1983년도에 일본으로 건너가던 뗏목 사진들을 보여줬다. 매달려 펼쳐진 돛에는 '해모수'라는 글자가 맨 위에 크게 쓰였고, 그 아래에는 새빨간 해를 입에 문 1개의 몸통에서 황·청·백·적·흑의 5색으로 된 머리가 달린 그림이 바람결에 주름 잡힌 채 펄럭거리는 모습이었다. 학생들은 아주 놀라면서 신기해했다. 이 학생들은 고고학을 전공하고 있기에 역사 드라마에 더 많은 관심을 가졌을 터이지만 그래도 해모수를 알고 있는게 너무나 감동적이었다. 그런데 그 학생들이 아는 해모수는 유감스럽게도 드라마 속에 나오는 탤런트였다.

　난 진짜 궁금하다.

그는 어떤 사람일까? 어떤 외모를 하고 있을까?

우리나라 사람들은 대부분 그렇고, 특히 예술가들은 더더욱 그런 경향이 강하지만, 우리 역사, 우리 사람들, 우리 산천을 표현하거나 그리지 않는다. 과거도 그렇고, 지금도 그렇다. 불가사의한 일이지만 현실이다. 갖은 자기 변명들을 해대지만 나는 근본적으로 자의식이 부족하기 때문이라고 생각한다. 단군도 그렇지만 해모수를 표현한 서사예술은 더더욱 없다. 나는 당연히 고구려 고분벽화에는 해모수 그림이 있다고 판단했고, 그럴 가능성이 있는 인물을 몇 명 점찍어 놓고 있었다.

2004년에는 학술회의 때문에 북한에 갔었는데, 끝나고 나서 방문한 곳이 동명왕 무덤이라고 알려진 평양 근처의 진파리 고분군이었다. 전시관에는 놀랍게도 주몽의 일대기를 벽화형식으로 그려 놓았다. 하지만 거기서 대면한 해모수는 북방계가 아닌 전형적인 남방계, 즉 눈썹이 굵고 얼굴이 크며, 사각형을 한 소위 잘생겼다고 여겨지는 얼굴이었다. 역사를 모르는 화가가 잘못 그린 것이었다. 나는 '주체사관을 외처대는 북한도 어쩔 수가 없구나.' 하면서 탄식했었다.

해모수는 천천히 설명하겠지만 초원을 달리던 유목민의 피가 많이 섞인 북방계일 확률이 크다. 그렇다면 어떤 얼굴을 하고 있을까? 갸름하고 길지만, 강단이 있는 얼굴에 작은 눈이지만 매서운 눈빛을 가졌을 것이다. 키는 어느 정도였을까? 아마도 컸을 확률이 크다. 그가 유화를 유혹했을 때의 눈길, 미소, 열정에 찬 입술을 떠올려본다. 그녀를 차지하기 위해 물의 신인 하백과 힘겨루기를 하면서 변신해나갈 때의 진지한 표정과 활달한 몸 동작들을 떠올려본다.

이렇게 생각하고 보니 이제는 그의 성격이 더 궁금해진다. 그는 기본적으로 보통 사람들과는 다른 존재였다. 내 용어를 사용하면 탐험가다. 그래서 대한해협을 건너는 뗏목 탐험을 시도할 때 여러 가지 이유도 있었지만 해모수를 상징으로 택하고, 이름도 해모수호라고 명명한 것이었다. 나로서는 홍익인간 정신을 구현하는 행위였으니

'단군호'라는 이름이 더 적합하지만, 결국은 해모수를 택했다. 물론 일연의 『삼국유사』를 비롯해서 몇몇 기록에서는 해모수가 단군이라고 했다. 아마도 마지막 단군이겠지만. 그런데 환웅과 웅녀의 아들이면서 조선을 세운 단군은 너무 점잖다. 또 알려진 이미지나 초상화를 보면 나이가 지긋하며, 너무 도덕적인 이미지다. 그래서 우리는 늘 단군 할아버지라고 불렀다. 인자하지만 역동적인 모습은 없었다. 아이들이나 젊은이들의 가슴을 울릴 수는 없었다.

하지만 해모수는 신화의 내용을 곧이곧대로 믿을 수는 없지만, 그는 전형적인 고대 사회의 영웅이었다. 헤라클레스처럼 젊고 힘세며, 야성적이어서 싸움도 잘했다. 또한 제우스처럼 욕심도 많고, 복수심도 있으며, 여인을 좋아해서 남의 여인을 취하는 부도덕적인 인물과도 닮아 있었다. 그런가 하면 인간들을 위해 많은 것을 알려주고 베푸는 존재였다. 이른바 전형적인 영웅이었다. 이런 사실들을 잘 모르고, 한국문화를 탓하기만 하는 사람이 너무 많다. 남의 것을 모방하고, 몰래 흉내내거나 소개한다면 지식인이나 예술가라고 할 수 없다. 모자란 지식인들이 너무 오랫동안 한국 사회에 악영향을 끼쳐왔다.

고구려는 기본적으로 그의 아들이 세웠고, 자신들은 부여의 적손이라는 정통성을 고집했다. 또 그의 부인인 유화를 여신으로 모시며 망할 때까지 변함없이 의례를 지냈다. 그것만 보더라도 해모수의 성격 또는 기질은 주몽이나 다른 고구려인들의 그것과 크게 달랐을 것 같지는 않다.

한국 사람들은 대륙이란 말에 큰 매력을 느낀다. 잃어버린 고구려의 땅, 만주 때문이다. 그리고 오랫동안 중국의 눈치를 보면서 살아왔고, 조선조에는 특히 사대사상에 젖은 양반 성리학자들이 강요한 순응과 도에 넘치는 예의, 빼앗은 여행의 자유 등을 비롯해서, 섬나라인 일본에 의해 35년 동안이나 식민 지배를 받게 된 것에 대한 열등감 등에 대한 반발과 반동 때문이다.

과거에 우리는 산업화시대를 빠르게 타고 넘었고, 지금은 이미 정보화시대의 선두에 서 있다. 따라서 농사꾼이 아닌 또 다른 삶을 그리워한다. 그래서 고구려를 기마

민족이라고 부르고, 현재 우리도 기마민족의 후손이라고 자위한다. 물론 고구려는 기마민족의 나라가 아니다. 다만 부여를 계승하여 말 타는 문화에 익숙하고, 특히 기마 전술을 활용해서 강대국이 된 것이다. 어쨌든 우리가 생물학적인 결핍감을 느끼고, 문화적인 허기를 느끼는 부분은 유목적 이미지다. 우리가 지금 원하고, 기억을 되살리면서, 되찾아야 할 습성들도 이런 것들이 아닐까? 야성, 호방함, 거시적인 안목, 지칠 줄 모르는 용기와 도전정신, 그리고 '자유의지(free will)'와 '직심(直心)' 등 말이다. 해모수는 이런 것들, 이런 성격과 기질을 갖춘 존재가 아닐까?

더 중요한 내용이 있다.

그는 사회적인 영향력이 매우 큰 정치인이다. 새로운 나라를 건설하게 만든 주도자인 임금이다. 그가 추구한 이상향 또는 만들려고 마음 먹은 이상국가는 어떤 것일까? 어른이 되어 천제가 된 다음에 펼친 정책들은? 그 정책들을 뒷받침한 사상은 언제 어떻게 생성된 것일까?

혹시나 환웅이 추구한 '홍익인간 재세이화' 또는 광개토 태왕 비문에 새긴, 주몽이 태자인 유리에게 전수해 준(顧命) '以道興治', 즉 도의 정치 같은 것이 있지는 않았을까? 알렉산더에게 헬레니즘을 펼칠 수 있게 알려준 아리스토텔레스의 사상이나 학문, 또는 국가관 같은 말이다.

이러한 의문들을 해소하는 방법은 한 가지다. 우선 '가정'을 바로 세우는 것이다. 역사에서 '가정(hypotheses)'이란 매우 중요하다. 나는 그동안 역사학에 대한 몇 가지 정의를 만들고 꾸준하게 알려왔다. 그 가운데 하나는 '역사학은 미래학[history(histography) is futurelogy]이다.'

많은 사람은 역사학을 과거의 사실들을 찾아내고, 규명하는 학문으로만 생각한다. 물론 그렇지는 않다. 역사학은 '무엇(what)'의 문제만은 아니고, 넘어 '왜(why)'의 문제로 확장되고, 더 나아가 '어떻게(how)'의 단계까지 나가야 한다. 그리고 이러한 방식으로 역사학을 하려면 사건(event) 또는 사실(fact)을 아주 정확하게 구체적으로 해석해야 한다. 그러기 위해서는 해석하는 방식 또는 방법과

도구 그리고 가정이 필요하다.

인간은 '호모 사피엔스 사피엔스(Homo sapience sapience)'라고 명명된 종(species)으로서 '생각'과 '기호'를 이용해 무엇인가를 창조할 줄 아는 존재다. 따라서 항상 문제의식을 갖고, 해결 의지를 발현시키는 본성이 만들어진 미래지향적인 존재다. 특히 역사와 문명의 전환기, 격동기에는 '개체'가 아닌 '전체적인 존재'로서 '집단(모듬) 지성'을 발휘한다. 그러므로 미래를 놓고 다양한 가정들이 등장하며, 이를 상호검증하고, 섞어가면서 또 다른 가정을 만든다. 이러한 과정에서 역사학은 기본 토대가 되면서 강점이 강한 학문으로 성장했다. 'what if'. 이것은 내가 2012년도쯤 학교에서 강좌를 개설할 때 내가 신청한 강의 제목이다. 어쩌면 당연할지도 모르지만, 일부 사학과 교수들이 반대했다. 늘 그렇듯이 그러려니 하며 철회했지만, 한심하다는 생각과 학생들에게는 미안하다는 마음이 함께 들었다.

또 '가정'의 다음 단계에서는 연구하는 방법론을 찾기 위해 기준이 되는 '모델(model)'이 필요하다.

사실 모델을 설정한다는 일은 역사학뿐만 아니라 인간에게 매우 중요하다. 모델에는 해석 모델, 사건 모델 등 다양하지만 가장 중요한 것은 개체 모델이다. 모든 존재물, 적어도 생명체, 특히 동물들에게는 본능적으로 모델을 설정하고 모방·재현하는 본성이 있다.

　우리는 많은 청소년에게 감동을 불러일으킨 유명한 애니메이션 하나를 알고 있다. 바로 '라이온 킹'이다. 고난을 물리치고, 성장하면서 많은 사람을 보호하며 행복한 삶을 만들어주는 리더십이 강한 인간을 모델로 삼은 것이다. 다만 그 특성에 걸맞을 수 있는 사자를 모델로 삼은 것이다.

　사실은 사고할 수 있는 능력을 갖춘 인류뿐만 아니라 동물들도 모델을 갖고 있다. 어떤 면에서는 인간보다 더 확실한 모델을 갖고 있다. 생물학적으로 진화하는 과정과 유전적으로 대를 이어 계승되는 것 등이 그 증거다. 그러므로 그들의 모델은 '원형(archetype)'이므로 복제, 재현 등으로 드러나는 일종의 진화다. 인간의 진보와는 다른 것이다. 미세한 변화가 있지만 기본적으로는 원형

(prototype) 또는 본(本, paradime)을 반복·재생하는 단순한 모델이다. 인류도 유인원과 마지막으로 결별했을 때쯤에는 오스트랄로피테쿠스 같은 유인원들과 마찬가지로 이러한 모델을 가졌을 가능성이 높다. 하지만 점차로 인류는 호모 에렉투스처럼 나무에서 완전히 내려와 평지를 걷기 시작하면서 한걸음, 아니 여러 걸음을 앞서 나가면서 다양한 모델을 스스로 다시금 만들기 시작했다. 그리고 이론의 틀을 만들고 변할 수 없는 '원형(原型)'이 아닌 기준이 되는 '원형(原形)'을 설정한 후에 '변형(變形)'을 시도했다. 생물학적인 진화에서 역사적인 진보의 단계로 질적인 변화를 한 것이다.

인간은 불확실하거나 왜곡된 정보를 고려해서 판단하고, 비판하는 능력을 지니고 있다. 뿐만 아니라 다양한 정보들이 있으면 단순하게 비교하는 것이 아니라 교차하면서 상호검증하는 기능도 할 수 있다. 따라서 어떠한 '가정'을 하면서 과거에 존재했던 유사한 사건과 비교하고, 더욱 유효한 해결 모델을 찾을 수 있다. 즉 '신모델(new paradime)'을 제시하는 데 유리한 측면이 있다. 그래서 우리는, 특히 삶에 책임감을 갖고, 의미를 추구하고 실현하려는 사람들에게는 바라는 인물, 지향하는 인물 등의 모델들이 있다. 당연하게도 그 모델을 찾는 방식은 사람에 따라서 다양할 수밖에 없다. 하지만 나는 역사학자다. 그래서 역사에서, 또는 역사적인 인물, 특히 파급력이 크고, 존재 자체의 근본과 연관이 깊은 이론들 속에서 모델을 찾는 것을 선호한다.

분명한 점이 있다. 해모수는 내가 바라는 역사적 인물, '역사적 천재(historical genius)'의 모델이 될 가능성이 크다는 점이다. 그러므로 비록 얼마 되지 않는 자료지만, 특별한 인물에 걸맞게 설정한 모델을 토대로 반쯤은 창작해가면 해모수를 알아내고, 알릴 필요가 있다.

그럼 이제부터 해모수와 연관된 여러 자료를 놓고, 그 가운데에서 중요한 내용들을 골라서 살펴본다. 또한 내가 설정한 바람직한 모델에 어느 정도나 부합되는지를 찾아보려 한다.

우선 그와 연관된 자료들을 살펴본다.

아래에 소개하는 것처럼 해모수와 연관된 자료들은 비록 하나의 소재이지만 주제와 내용이 다양하다. 또한 자료들마다 양의 많고 적음이 있고, 표현에도 약간씩의 다름이 있다. 하지만 큰 차이들이 없기 때문에 일단 중요한 자료들을 다 소개할 예정이다. 그리고 필요에 따라 해당 자료들에서 전체 또는 특별한 부분을 선택해서 해석에 활용하는 방식을 취하려 한다.

첫째는 광개토태왕비다. 해모수와 연관되어서는 가장 공신력이 있고, 역사적으로도 자격이 충분하다. 그와 직접 연관된 사람들이 직접 세운 비에다 새긴 불변형성 '기호(code)'다.

광개토태왕릉비는 그의 아들인 장수태왕이 아버지가 붕어하고, 2년째 되던 해인 414년에 세운 비다. 고구려의 신시(神市)인 국내성의 동쪽 들판 한가운데에 우뚝 서 있다. 높이는 6.39m이고, 너비는 평균 1.5m다. 4면에 44행으로 1,775자가 예서체에 가까운 고구려 특유의 웅혼한 필체로 가지런하게 음각되어 있는데 글자의 크기는 10~15cm다. 이 비를 여러 번 직접 보았지만, 신령스러운 느낌이 가득 찬 것을 매우 자주 느꼈다. 이 비는 남들이 얘기하는 것처럼 광개토태왕의 업적만 새긴 것이 아니다. 남들이 말하는 것처럼 단순한 기념비나 훈적비가 아니다. 그보다 더 중요하고 의미 있는 목적이 있다. 그것은 앞으로 변화시킬 고구려의 역사와 문화, 그리고 국가 발전의 기본 방향을 제시하는 '이정표' 내지 '좌표(index)'의 역할을 선언하는 목표인 것이다. 적어도 나는 그렇게 생각한다.

이 비는 고구려가 대국임을 과시하는 기념물이 아니라 모든 고구려 백성과 고구려를 바라보는 모든 나라에 고구려의 존재와 세계관, 그리고 태왕의 아들인 장수태왕의 국정지표를 밝히는 선언문이다. 고구려인들이 하늘을 숭배하고 하늘의 자손임을 선언하면서, 긍지를 지니고 자유롭게 살 것을 바라면서 뿌리를 분명하게 알려주었다. 그리고 수백 년, 수천 년 후의 후손들에게 간곡하게 전하는 메시지를 담은 신령석이다.

당연히 그 비의 첫머리에 시조인 주몽이 역사에 등장하

는 과정이 신화의 형태를 빌어 기록되었다. 고구려인들은 자신들이 누구이며 어떠한 역할을 할 것인가에 대해서 밝혔다. 즉 "始祖鄒牟—出自 北夫餘天帝之子 母河伯女郞"(시조인 추모왕은 나라를 세웠다. ~ 북부여 천제의 아들이고 어머니는 하백이라는 물신의 따님이시다.) 이어 다음 구절은 이렇다. "我是 皇天之子 母河伯女郞 鄒牟王." 즉 '나는 황천의 아들이요, 어머니는 하백의 따님인 추모왕이다.'라고 선언했다.

둘째, '모두루 묘지'라고 알려진 자료다. 광개토태왕비가 새겨진 때보다 조금 앞서 수도인 국내성의 동쪽, 압록강이 가까이 흐르는 들판에 모두루무덤[염모묘(冉牟墓)라고도 부른다.]이 만들어졌다. 현장에 가보면 근처의 유명한 장천 고분군과는 달리 옆에 한 기만 달랑있는 쓸쓸한 분위기다. 무덤에 묻힌 사람은 모두루인데, 광개토태왕의 노객(奴客) 즉 신하였다. 그 조상이 건국자인 추모와 함께 동부여로부터 왔다. 광개토태왕이 북부여의 '수사'라는 관직으로 파견했던 사람이고, 태왕이 돌아갔을 때 아주 슬퍼했던 인물이다.

그 무덤 안에서 발견된 묘지석에는 돌판에 검은 붓글씨로 무덤 주인의 일생을 또박또박 적어놓았다. 그 가운데 이러한 귀절이 있다. "하백의 손자요, 해와 달의 아들이신 추모성왕(鄒牟聖王)께서는 원래 북부여(北夫餘)이며 세상의 모두(天下四方)는 이 나라와 지방이 가장 성스러움을 알고…(河泊之孫 日月之子 鄒牟聖王 元出北夫餘 天下四方知此國郡最聖…)." 이처럼 북부여라는 나라를 거론하고, 해모수에 해당하는 존재의 성격이 해(日)임을 분명히 했다.

셋째는 연남산의 묘지명으로 알려진 자료다.

무덤의 주인인 연남산은 연개소문의 셋 째 아들로서 동생들이 일으킨 쿠데타 때문에 당나라로 망명했다. 이후에 당나라의 장군으로 고구려를 공격하는 선봉군에 섰던, 말하자면 고구려의 배신자였다. 말년에는 당나라에서 쓸쓸하게 살다가 죽었다. 그의 무덤에 있는 묘지에는 아래와 같이 고구려의 역사가 일부 기록되었다. "옛날에 동명

(東明)이 기(氣)를 느끼고 사천(瀝川)을 넘어 나라를 열었고, 주몽은 해를 품고 패수에 임해 수도를 열어, 위엄이 해 뜨는 곳[扶素]의 나루에 미치고 세력이 동쪽 지역[蟠桃]의 풍속을 제압하였으니~"

여기서는 먼저 동명이 나라를 세웠다고 했다. 이어 주몽(추모 대신에 주몽이라고 되어 있다.)이 해를 품어(孕) 도읍을 세운 것으로 기록했다. 동명과 주몽이 다른 존재임을 암시한다. 또 주몽의 아버지가 해임을 알려주었다. 이 문제도 역시 뒤에서 구체적으로 소개할 예정이다.

넷째, 『삼국사기』「고구려 본기」의 동명왕조와 「백제 본기」에 있는 내용이다.

이 책은 고려시대에 쓰인 책이니까 고구려 당시에 만들어진 금석문보다는 정확도나 신뢰성이 떨어질 수 있는 한계가 있다. 내용이 길기 때문에 부분별로 나누어보면 다음과 같다(우리 역사넷 자료를 이용).

"부여의 왕 해부루가 늙도록 아들이 없어서 자식을 얻고자 산천에 제사를 드리러 가다가, 곤연에 이르러 큰 돌

아래에서 금색 개구리 모양의 어린아이를 얻었다. 이름을 금와(金蛙)라 짓고, 장성하자 태자로 삼았다. 후에 재상인 아란불이 천신의 명이라 하면서 권하여 동쪽 바닷가에 가섭원이라는 땅으로 옮겨 도읍하고는 나라 이름을 동부여라고 하였다. 옛 도읍지에는 천제의 아들 해모수로 자칭하는 사람이 와서 도읍하였다.

해부루가 죽자 금와가 그 뒤를 이어 즉위하였다. 태백산 남쪽 우발수에서 하백의 딸인 유화를 만났는데, 유화가 말하기를, '천제의 아들 해모수라는 자가 나를 웅심산(熊心山) 아래 압록수 가의 집으로 꾀어서 사통하고 돌아오지 않아, 부모가 나를 책망하여 우발수에서 귀양살이하게 되었다.'라고 하였다. ~"

여기서는 해모수를 천신이 아닌 천제의 아들이라고 했다.

다섯째는 『삼국유사』의 「기이」에 실린 북부여조다.

이 책은 승려인 일연이 1281~83년에 썼다. 유사라는 이름에서 알 수 있듯이 정사가 아닌 사서이며, 승려의 역사관 세계관과 목적의식이 투영된 책이다. 『삼국사기』와는 다른 점이 많고, 다른 자료도 많이 수록되었다. 해모수와 연관하여 이러한 구절이 있다.

"고기(古記, 구삼국사)에서 말했다. "『전한서』에 (한나라의) 선제 신작 3년인 임술 4월 8일에 천제는 다섯 마리의 용이 끄는 수레를 타고 흘승골성(요나라의 의주 지역)에 내려왔다. 도읍을 정하고 왕을 칭하면서 나라 이름을 북부여라 하고, 스스로 이름이 해모수라고 하였다. 아들을 낳아 이름을 부루라 하고 '해(解)'로써 씨(姓氏)를 삼았다. ~ 그 후 왕(해부루?)은 상제(해모수?)의 명령에 따라 도읍을 동부여로 옮기고, 동명제가 북부여를 이어 일어나 졸본주에 도읍을 정하고 졸본부여를 세웠다. 곧 고구려의 시조다.

여기서는 해모수가 해부루의 아버지로 기록되어 있다. 그런데 또 동부여조에서는 해모수를 언급하지 않았다. 그런데 『삼국사기』의 「고구려 본기」 동명왕조에서는 "스스로 천제의 아들 해모수라 하고, 나를 웅심산 아래 압록수가의 집으로 꾀어서 사통하고 곧바로 가서는 돌아오지 않았습니다."라고 했다. 그러니까『삼국유사』는『삼국사기』의 기록과는 몇 가지 점에서 차이가 있다. 예를 들면『삼국사기』동명왕조나 이규보의「동명왕 편」에서는 해부루의 출자에 대해서는 언급하지 않았고, 더 신화에 가까운 문체로 썼다. 또 삼국유사는 나라 이름을 북부여라고 했으며 수도 이름도 흘승골성으로 서술했다. 또한 해모수를 하늘(天)이 아닌 상제로 표현한 것이다.

또한『삼국유사』의 권 1에 있는 '기이편'에는 668년인 당나라 때의 불교 서적인 주림전(珠琳傳) 제21권을 인용해서 다음과 같이 이야기를 소개했다. "옛날 영품리왕(寧稟離王)의 몸종에게 태기가 있으므로 점쟁이가 점을 쳤는데 이렇게 말했다. '아이를 낳으면 귀히 되어 반드시 왕이 될 것입니다.' 그러자 왕은 '내 자식이 아니니 마땅히 죽여야 한다.'라고 말하였다. 그러자 몸종은 '하늘로부터 기운이 뻗쳐 내렸으므로 제가 아이를 밴 것입니다.'라고 말하였다. 그녀가 아들을 낳자 상서롭지 못하다 여겨 돼지우리에 버렸는데 돼지가 입김을 불어 몸을 덥혔다. 다시 마굿간에 버렸더니 말이 젖을 먹여서 죽지를 않았다. 결국

부여왕이 되었다." 이것은 동명제(東明帝)가 졸본부여의 왕이 되는 상황에 대한 기록이다. 이 졸본부여는 역시 북부여의 별개 도읍지이므로 부여왕이라고 한 것이다. 영품리는 부루왕의 다른 칭호다.

이 글을 보면 부여왕이 된 아이를 영품리왕은 부루왕을 의미한다. 그리고 (졸본)부여왕이 된 아이는 부루왕의 시녀가 낳았고, 그는 동명제였다. 그런데 졸본부여는 북부여의 또 다른 수도(별도)이므로 동명을 부여왕이라고 한 것이다. 이 문장의 전체적인 맥락을 보면 북부여와 졸본부여는 같은 나라이고, 방위명에 따른 구분일 수도 있다, 그럼 '부루'와 부여 또는 북부여는 같은 것인가에 대한 의문이 생긴다.

또 이런 글이 있다. "『단군기』에는 '요컨대 단군과 서하 하백의 딸이 가까이하여 낳은 아들이 있어 이름을 부루라 하였다.'라는 내용이 있다. 지금 이 기록을 살펴보면 해모수가 하백의 딸과 사통한 후에 주몽을 낳았고, 『단군기』에서 낳은 아들의 이름을 부루라 하였으니, 부루와 주몽은 어머니가 다른 형제다. 또 유화는 '부모님은 제가 중매 없이 남을 따랐다고 책망하여, 마침내 이곳에서 귀양을 살고 있습니다.'라고 말했다."

이 글을 읽으면 해모수 또는 유화 등 부여의 정체와 연관하여 주목할 것이 몇 가지 있다. 우선 태백산, 우발수, 웅신산, 압록강, 단군기 등의 용어다. 이 가운데에서 웅신산은 다른 기록에서 나오는 웅심연, 개마산 등과 연동하여 고구려의 국명과 신앙 등을 밝히는 데도 중요한 단서가 된다.

여섯째, 이규보가 쓴 『동국이상국집』의 「동명왕 편」이라는 자료다.

『동국이상국집』은 고려 후기의 학자이며 정치가인 이규보가 1193년에 지은 5언체 서사시로서 관련한 부분은 아래와 같다.

"세상에서는 동명왕의 신통하고 이상한 일을 많이 말하니, 비록 시골의 어리석은 남녀들도 자못 그 일을 말할 수 있을 정도다. ~""~ 동명왕의 일은 변화의 신이(神異)한 것으로 여러 사람의 눈을 현혹한 것이 아니라 진실로 나라를 세운 신기한 사적이니 이것을 기술하지 않으면 후인들이 장차 어떻게 볼 것인가? 따라서 시를 지어 기록하여 우리나라가 본래 성인의 나라라는 것을 천하에 알리고자 한다."

주로 서장에서 해모수와 연관된 일들을 썼다.

"한나라 신작 3년 임술년에 천제(天帝)가 태자를 부여의 옛 도읍(동부여가 아님)에 내려 보내 돌아다니게 하였다. 그의 이름은 '해모수'였다. 하늘에서 내려왔으며 오룡거를 탔고 시종 백여 사람은 모두 흰 고니를 탔다. 채색 구름이 하늘 위에 떠 있고 음악은 구름 속에서 울려 퍼졌다. 웅심산에 머물다가 십여 일이 지나 비로소 내려오는데 머리에는 오우관을 쓰고 허리에는 용광검을 차고 있었다. 아침이면 정사를 돌보고, 저녁에는 하늘로 올라가니 세상에서 그를 '천왕랑'이라고 하였다."

또 이러한 내용을 썼다.

"여인들이 왕을 보고 곧 물에 뛰어들었다. 신하들이 '대왕께서는 왜 궁전을 지어 여자들이 방 안으로 들어오기를 기다렸다가 문을 막으려 하지 않으십니까?'라고 말하였다. 왕이 그럴 듯하다고 여기고 말채찍으로 땅을 그으니 구리 집이 문득 크고 화려하게 지어졌다. 방 안에 자리 셋을 마련하고 술도 한 동이나 내놓았다. 여인들이 각자 자리에 앉아 서로 권하며 술을 마시다가 크게 취했다. 왕은 세 여인이 크게 취하기를 기다렸다가 갑자기 나타나 막았다. 여인들이 놀라 달아나다가 맏딸 유화가 왕에게 붙들렸다.

하백이 크게 분노하여 사자를 보내 이런 말을 전했다. '너는 웬 놈인데 내 딸을 억류하고 있느냐?' 왕이 '저는 천제의 아들입니다. 이제 하백 집안과 혼인하고자 합니다.'라고 대답하였다. 하백이 또 사자를 시켜 물었다. '네가 만약 천제의 아들이고 구혼하려면 당연히 중매인을 시켰어야 했다. 갑자기 내 딸을 붙들어 두니 이런 실례가 어디 있는가?'

왕이 부끄러워하며 이제 하백에게 가 만나려 하였으나 궁실에 들어갈 수 없었다. (이에) 그 용이 끄는 수레가 딸을 놓아주려 하였으나 여자가 왕과의 애정을 확인하였으므로 떠나려고 하지 않았다. 이에 이런 말을 하였다. '용이

*끄*는 왕의 수레가 있으면 하백의 나라에 다다를 수 있지.'
왕이 하늘을 가리키며 부르니 얼마 되지 않아 하늘에서
오룡거가 내려왔다. 왕이 여인과 함께 이 수레에 오르니
바람과 구름이 갑자기 일어나더니 그 궁실에 이르렀다.

　하백이 예를 갖추어 맞이하고 자리에 앉자 하백이 물
었다. '혼인의 법도는 천하의 공통된 규범인데 어찌 실례
를 저질러 우리 가문을 욕보이는가.' 이어 또 물었다. '왕
이 하느님의 아들이라면 어떤 신이함이 있는가?' 왕이 '그
저 시험해 보는 데에 달려 있습니다.'라고 대답했다. 그러
자 하백이 뜰 앞 물에서 잉어가 되어 물결을 따라 헤엄치
니 왕은 수달이 되어 붙잡았다. 하백이 또 사슴이 되어 달
아나니 왕은 승냥이가 되어 쫓았다. 하백이 꿩이 되자 왕
은 사냥매가 되어 공격했다. 하백은 참으로 하느님의 아
들이라고 말하며 예를 갖추어 성혼하였다. 하지만 왕이
딸과 함께할 마음이 없을까 걱정하여 음악을 베풀고 술
을 차려 왕으로 하여금 크게 취하게 만들었었다. (그러고
는) 딸과 함께 작은 가죽 수레에 집어넣고 용거에 실어 하
늘로 올려보내려 하였다. 그런데 수레가 아직 물 밖으로

나오지 않았을 때 왕이 술이 깨어 여자의 황금 비녀로 가죽 수레를 뚫고서 구멍으로 혼자 빠져나와서는 하늘로 올라가 버렸다.

하백이 크게 노하여 딸에게 말했다. '네가 내 가르침을 따르지 않아 끝내 우리 집안을 욕보였다.' 그러고는 옆에 있는 신하들을 시켜 딸의 입을 묶어 당기게 하니 그 입술이 세 자나 될 정도로 길어졌다. 오로지 종 둘만 주어 우발수 속으로 내쳤다. '우발'은 연못의 이름인데 오늘날의 태백산 남쪽에 있다. ~

어부인 강력부추가 아뢰었다. '요즘 어량(그물)에 잡힌 물고기를 도둑질해 가는 것이 있는데 어떤 짐승인지 아직 모르겠습니다.' 이에 왕(금와왕)이 어부를 시켜 그물로 끌어내게 하니 그물이 찢어졌다. 다시 쇠그물을 만들어 끌어내 비로소 한 여자를 얻었는데 돌에 앉아 있다가 나왔다. 여자의 입술이 길어 말을 할 수 없었으니 세 번 자르게 한 다음에야 말하게 되었다.

왕은 천제 아들의 왕비임을 알고 별궁에 두었더니 그 여자의 품 안으로 해가 비쳐 이로 인하여 임신하였다. 신작 4년 계해년 여름 4월에 주몽을 낳았는데 울음소리가 매우 크고 뼈대와 생김새가 뛰어났다. 처음에 왼쪽 겨드랑이에서 알 한 개를 낳았는데 크기가 닷 되들이쯤 되었다. 왕이 괴이하게 여겨 '사람이 새알을 낳다니, 상서롭지 못하다고 하겠다.'라고 하고는 사람을 시켜 목마장에 버리게 하였는데 말 떼가 밟지 않았다. 깊은 산에 버렸더니 온갖 짐승이 모두 보호하였다. 구름 끼고 어두운 날에도 알 위에는 늘 햇빛이 비쳤다. 왕이 알을 가져다가 어미에게 보내 기르게 하니 알이 마침내 갈라지며 한 사내아이가 나왔다. 태어난 지 한 달이 지나지 않았는데도 말이 정확하였다.

어미에게 말했다. '파리 떼가 눈을 물어 잘 수가 없습니다. 제게 활과 화살을 만들어 주세요.' 어미가 댓가지로 활과 화살을 만들어 주니 스스로 물레 위에 있는 파리를 쏘았는데 쏘았다 하면 명중이었다. 부여에서는 활 잘 쏘는 사람을 '주몽'이라고 한다(扶余謂善射曰朱蒙.)."

『동국이상국집』에 실린 이러한 내용은 해모수나 주몽 등과 연관해서는 모든 기록 가운데 신화적인 색채가 가장 강하다. 오룡거, 오우관, 용광검, 100인의 고니(백조)를 탄 신들 등 기가 막힌 신화소들로 구성되었다. 간단하게 설명한다. 오룡거는 마치 태양신인 아폴로가 타는 전차와 동일하다는 느낌이 든다. 오우관은 까마귀 또는 일반 새들의 깃을 장식해서 만든 왕관으로 추정된다. 지금 내가 이 글을 쓰고 있는 사마르칸드대학교에서 택시를 타고 30분 정도 달려가면 아프로시압 궁전의 벽화에서도 확인할 수 있다.

또한 카자흐스탄 알마티 근처의 이식고분에서 발견된, 스키타이 황금인간(Golden Prince Warrior)이 쓴 황금관을 연상시키기도 한다. 알타이 파지리크 고분의 얼음공주의 머리 장식이나 북만주 동강시에서 발견한 퉁구스계 샤먼의 머리관도 같은 맥락이다. 그가 찼다는 '용광검'은 뜻 자체가 신비로운 능력을 지닌 신검임을 알려준다. 용 문양이 태양처럼 빛난다는 의미인데, 꼭 SF영화 같은 분위기다. 당연히 주몽이 남쪽으로 도망갈 때 훗날 자식이 찾아올 것을 알고 숨긴 부러진 신검과 동일했을 것이다. 그밖에도 기막힌 신화소들로 가득 찼는데, 나중에 그 의미를 찾는 작업을 하려고 한다.

　일곱째, 『제왕운기』권 하 동국군왕개국연대에 실린 내용이다(한국사 데이터 베이스 자료 활용).

　이승휴는 이 책의 서문인 동국군왕개국연대 서문에서 이렇게 말했다. "삼가 국사(國史)에 의거하고, 각각의 본기(本紀)와 『수이전(殊異傳)』에 실린 것을 널리 채록하였으며, ~" 먼저 부여(夫餘)와 『단군본기(檀君本紀)』에는 "비서갑(非西岬)의 하백(河伯)의 딸과 혼인하여 사내아이를 낳고 부루(扶婁)라고 이름을 지었다.'라고 되어 있으며, ~신(臣)이 일찍이 상국에 사신으로 갈 때, 요동의 바닷가 길 옆에 이르렀는데, 묘가 세워져 있었다. 어떤 사람이 말하기를 '부여의 부마대왕의 묘다.'라고 하였다. 또한 가탐이 말하기를 '큰 들의 남쪽은 압록강으로서 부여의 옛 땅이다.'라고 하였으니, 즉 북부여는 마땅히 요하 강변에 있었을 것이다. 그 개국은 대저 후조선부터 이때까지, 얼마인가?" 그도 이처럼 전해지지 않는 『단군본기』를 인용했는데, 김부식이 '고기'라고 모호하게 표현한 책일 수도 있다.

이렇게 해모수와 연관된 몇 가지 자료를 보면서 상황을 연상하면 다양하고 복합적인, 마치 비의의 주문 같기도 한 문구를 동원하여 환상적인 분위기를 자아내게 만든다. 이는 어느 문화권에서나 볼 수 있는 전형적인 영웅 신화다.

그런데 왜 하필 해모수나 동명과 연관된 글들이 이 시대에 쏟아져 나오는 것일까?

일연, 이규보, 이제현 등은 고려 후기의 정치적·국가적인 상황에 대해 절망적인 심정이었다. 심지어 이규보는 원나라와의 전쟁을 치르고 있는 기간인 고종 때 강화도에 살고 있었다. 지금도 그의 무덤은 강화도에 있다. 이러한 정치적·민족적인 위기 상황에서 필요한 시대정신이 있었고, 이러한 필요성을 본인들도 자각하고, 고려 백성들에게도 전달할 필요가 있었다. 그것은 고려의 고구려 계승성이다. 구한말, 일제시대의 역사학과 고구려가 특별한 의미를 지닌 것처럼.

국호가 '고려'이고, 태조 왕건이 스스로 말한 내용들과 그가 펼친 정책들에서 볼 수 있듯이 고구려 계승성은 고려인들에게 의미가 매우 컸다. 당연히 웅장했던 강대국인 고구려의 발견을 통해서 패배감에 쩔어 있는 백성들에게 자신감을 부여하는 동시에, 침체된 고려 사회에 뭔가 강력한 메시지를 전해야 했다. 나는 생각해본다. 이규보 정도의 지식인이고, 시대의 위기를 자각하는 인물이라면 역사의 중요성을 알았을 것이다. 그리고 시대정신을 반영한 역사책을 쓰려고 마음먹는 것은 당연한 일이다. 먼 훗날, 거의 유사한 상황에서 단재 신채호나 백암 박은식 같은 인물이 나온 것처럼 역사를 잊은 민족은 영원히 멸망할 수밖에 없다.

또 하나 이런 생각도 해 본다. 고려를 압박하고 지배하려는 원나라와 정통성 싸움을 벌일 필요성도 깨달은 것 같다. 일종의 기(氣) 싸움, 또는 정통성 싸움을 벌일 필요성을 느낀 것이다. 나는 역사학자이기 때문에 고구려와 원나라를 세운 몽골은 매우 밀접하게 관련되어 있었다는 사실을 잘 안다. 단순하게 외모가 비슷한 정도가 아니라 종족적으로 유사했다. 더구나 나중에 뒷장에서 상세하게 설명하겠지만 6세기경에 나온 중국의 사료를 보면 유사한 언어를 사용했음이 분명하다는 것을 알 수 있다.

한편 중국의 사료들 가운데에도 해모수와 연관된 내용들이 있다. 『논형』은 60년경에 왕충이 쓴 책이다. 그 책의 길험 편에는 동명왕이 부여의 시조라는 이러한 내용이 쓰여 있다. "북이(北夷) 고리국 왕의 시비가 임신을 하였다. 왕이 죽이려 하니, 시녀가 대답하기를 '달걀만한 크기의 기운이 하늘에서 저에게로 다가와 임신하게 되었습니다.' 하였다. 후에 아들을 낳자 돼지우리에 던져두었으나, 돼지가 입김을 불어넣으니 죽지 않았다. 다시 마굿간에 두어 말이 밟아 죽이도록 하였으나, 말이 또한 입김을 불어넣어 죽지 않았다. 왕이 하늘의 아들[天子]인가 여겨, 그 어미가 거두어 기르도록 하였다. 이름을 동명(東明)이라 하고 소와 말을 기르도록 하였다. ~"

이러한 내용들은 『후한서』도 역시 같다. 『삼국지』의 오환·선비·동이전에는 부여의 동명왕 이야기가 주석의 형태로 기록되어 있다. "『위략』에서 말한다. 한 옛 기록(舊

志)에서 말한다. 옛날 북쪽에 고리(高離)라는 나라가 있었다. 왕을 모시던 시녀가 아이를 배자 왕은 죽이려고 하였다. 그러자 시녀가 말했다. ~ 동명이라 이름 지었다. ~ 동명은 부여 땅에 서울을 정하고 임금이 되었다." 이렇게 고리국을 설명했고, 동명이 탄생해서 부여로 간 다음에 왕이 되었다는 내용이다. 『위서』고구려전은 6세기 중엽에 편찬된 중국 사서인데, 여기에도 비슷한 기록이 있다. 『북사』고구려 열전에도 비슷한 내용이 나온다. "고구려에는 신묘가 두 군데 있는데, 하나는 '부여신'이라 하여 나무를 조각해 부인상을 만들었고, 하나는 고등신이라 하여 그들의 시조이며 부여신의 아들이라고 한다. 모두 관사를 설치해 놓고 사람을 보내 수호하는데 대체로 하백의 딸과 주몽이라고 한다."

이러한 일들은 고구려의 『유기(留記)』100권 등의 책 속에 기록되어 있었을 것이 분명하고, 또 어쩌면 그 책들과 내용들은 사신단들에 의해 전해져서 기록되었을 가능성이 높다. 특히 북위는 고구려가 전성기였을 때 교류가 매우 활발했다. 이 시대에 온 사신단이 시조인 주몽과 연관해서 전해 들었거나, 아니면 『유기』나 광개토태왕비문 등을 통해서 확인한 것일 가능성도 크다. 심지어는 일본이 쓴 『속일본기』에도 789년조에 이러한 기록이 있다. "황태후의 선조는 백제 무령왕의 아들인 순타태자에서 나왔다. 황태후는 용모가 덕스럽고 정숙하여 일찍이 명성이 뛰어났다. ~" "백제의 먼 조상인 도모왕(都慕王)은 하백의 딸이 해의 정기에 감응하여 태어났는데, 황태후는 곧 그의 후손이다." 815년에 출간한 『신찬성씨록』에도 유사한 내용이 실려 있다.

부여나 고구려의 건국과 연관된 이야기들은 고구려가 멸망한 이후에도 유민들에 의해 신라로 전승되었고, 또 북쪽에서는 고구려의 유민들이 세운 발해가 자신들의 이야기로 계속 남기고 활용했을 것이다. 더구나 발해는 다양한 목적 때문에 고구려를 계승했다는 것을 국제사회에 선언했는데, 이러한 고구려 건국에 대한 이야기들이나 책자들을 만들지 않았을 리가 없다. 이러한 상황들을 고려한다면 전해지지는 않지만 『구삼국사』 또는 『고기』라고 인용된 책은 신빙성이 매우 강하다는 것을 알 수 있다.

또 조선시대에도 일부 학자들은 관심을 가졌고, 특히 후기에 등장한 실학자들은 고구려에 애정을 가져서인지 고구려가 건국하는 과정을 구체적으로 연구하고 서술했다. 다산 정약용은『여유당전서』에서 이 부분을 다루었고, 안정복은『동사강목』, 유형원은『반계수록』에서 이러한 내용들을 기록했다. 특히『동사강목』에는 가치가 있는 내용이 많다. 그밖에도 여러 학자가 해모수와 주몽 등에 대한 관심을 표명했다. 구한말과 일제시대에는 일부 민족주의 사학자들이지만 해모수와 부여에 관하여 적극적으로 연구하고, 사실을 밝히려고 애썼다. 이러한 과정에서 알타이신화나 유라시아 문화와의 연관성을 알고, 이러한 자료들을 토대로 해모수와 부여의 실상을 밝히려는 시도들을 했다.

그런데 중국의 기록들에서는 해모수라는 이름이 등장하지 않았고, 대신에 동명이라는 이름 아닌 호칭이 등장한다. 〈광개토대왕릉비〉와 〈모두루 묘지명〉 같은 고구려의 금석문에서는 시조를 추모(주몽)로 표기했다. 동명이란 기록은 없다. 고구려가 멸망한 후에 당나라에서 죽은 연남산의 묘지명에서는 동명과 추모를 서로 다른 사람으로 구분했다. 그런데 고려시대 이후의 문헌에서는 동명왕과 주몽을 같은 인물로 여기고 두 사람을 구분하지 않았다. 한자의 뜻을 보면 두 용어는 해(태양)와 연관되었기 때문에 본질적으로 유사하다. 또 동명과 주몽은 동일한 인물이 아닐 가능성이 있다. 그럼 동명이 해모수일까? 그래서 성(氏)을 동명과 뜻이 유사한 '해'로 삼았을까?

　이렇게 해모수의 역사적인 성격을 대충은 파악했으니, 이제는 다음 단계로 다른 면, 즉 개인의 성격을 알아보도록 하자.

2. 해모수의 역사적인 정체성

　　몇몇 자료를 기본적인 토대로 삼고, 약간의 해석을 덧붙이면서 해모수라는 인물 모델의 성격을 다양한 방식으로 살펴본다. 특히 북부여와 해모수의 후손을 자처한 고구려인들을 통해서 그의 성격을 일부 추측하려고 한다.

이름이 가져다 준 역사적 숙명

　　그는 이름이 아주 특이하다.

　　모든 존재물에게 '이름(名, 號, name)'이란 존재의 의미 및 가치와 직결된다. 즉 흔히 말하는 정체성의 핵심으로서 '기호'이자 '지표'다. 인간 자체가 기호이고, 인간의 생각이 미치는 모든 것에 기호의 망이 펼쳐진다. 이러한 사람에게 이름 또는 명칭은 때로는 특별한 사건을 발생시키는, 또는 남다르고 중요한 경험을 하게 한다. 그래서 성명학이 있고, 한국에서는 사주명리학이 성행하는 것이다. 해모수는 한 나라의 임금이며, 고구려라는 새 나라를 세운 건국자의 아버지 이름이다. 따라서 엄청난 의미를 지닌 것은 분명하다. 두 국가의 정체성을 반영하기 때문이다.

현재 한국에는 귀화 성씨까지 포함해서 5,500여 개의 성씨가 있다. 그럼에도 불구하고 '해'라는 성씨는 남아 있지 않다. 원래는 있었지만, 현재는 없기에 더더욱 독특하다는 느낌이 드는 것은 어쩔 수가 없다. 사실은 무척 자연스럽고, 의미가 큰 말이지만 우리말, 우리 역사, 우리 정서를 망각한 탓이다.

앞에서 본 내용이지만 다시 짧게 보도록 하자. 『삼국유사』 북부여조의 내용인데, 이 부분은 역사적 사실의 형식으로 기록한 것이다. "옛 기록(古記)에 이르기를 ~ 나라 이름을 북부여(北夫餘)라 하고 스스로 이름을 해모수(解

慕漱)라 하였다. 아들을 낳았는데, 이름을 부루(扶婁)라 하고 해(解)로써 씨를 삼았다."

원래 이러한 인물들은 신령성과 독특함, 비의성 등을 감안하여 실명을 쓰지 않는 경우가 있다. 대신에 의미와 상징을 담은 색다른 명칭으로 부르는 경우도 왕왕 있다. 전해져오는 대다수의 신화, 특히 천지창조나 건국과 연관된 신화들에서는 정실부인의 몸에서 나오지 않거나 아버지의 출자(出自)가 불분명한 상태에서 출생하는 것으로 나온다. 그들은 신성하고 위대해야 할 신(神)의 아들이요, 천(天)의 대행자들이기 때문이다. 박혁거세, 김수로왕 등은 다 이와 비슷한 예다. 석가모니의 아버지가 코끼리인 것도 예수의 아버지가 분명하지 않은 것도 다 그런 예다.

부여의 천제가 '해모수', '해부루'였듯이, 고구려의 해명(유리왕의 왕자), 대해주류왕(대무신왕), 해색주(민중왕), 해우(모본왕) 등 초기 왕들의 이름에는 태양을 의미하는 '해(解)'가 마치 성처럼 앞에 달려 있었다. 실제로는 초기의 왕이 아닌데도 소수림왕처럼 '소해주류왕', '소해미리류왕'이라고 해씨를 표방한 경우도 있다. 주몽 또는 추모는 2개의 성을 사용했다. '해(解)'는 당연히 부여에 있었을 때 사용했던 것인데 『삼국사기』, 『동사강목』에 기록되어 었다. 반면에 '고(高)'는 『삼국사기』, 『삼국유사』, 『동국통감』, 『동사강목』, 그리고 중국의 사료에서 사용되었다. 어쩌면 주몽도 해씨이고, '고(高)'는 나중에 고구려라는 국명에서 유래한 것일 수도 있다.

백제도 해(解)가 귀족의 성으로 사용되었다. 백제가 고구려의 공격을 받고 한성이 함락된 다음에 수도를 웅진으로 삼았다. 당시 웅진에는 대성 8족이라고 해서 이미 8대호족 세력이 있었는데, 그 가운데 하나가 해씨다. 실은 『삼국유사』에 "백제의 세계(世系)는 고구려와 마찬가지로 부여에서 나왔으므로 '해'(解)를 성씨로 삼았다."라는 내용이 있다.

그럼 왜 부여인들은 임금의 성(氏)을 '해'로 했을까? '해(解)'라는 용어의 뜻은 무엇일까? '해'는 '발음' 또는 '뜻' 중에서 따왔을 가능성이 크다. 한자의 뜻을 찾으면 '풀 해', 즉 매듭을 푼다처럼 '푼다'의 뜻이 있다. 해방(解放)의 해가 그런 의미에 해당한다. 하지만 그 한자를 해모수라는 인물과 연결할 때는 의미가 없어진다. 한자를 아직 사용하지 않았거나 미숙했기 때문에 이러한 표기법을 고수했을 수 있다. 아니면 자존심 때문에 음을 빌리는 등의 방식을 선택해서 자신들의 명칭을 최대한 고려하면서 사용했을 수도 있다. 이런 사례는 많이 있다. 음을 빌린 경우는 흉측한 노예라는 뜻의 흉노, 거란, 선비 등이고, 뜻을 빌린 경우는 벌레가 기는 모양의 글자인 연연(蜒蜒), 돌궐 등이다. 우리는 한자문화권에 비교적 일찍 들어갔기 때문에 이런 일이 적거나 혹은 있어도 불쾌하다고 여긴다.

아마도 해모수의 '해'는 우리말 '해' 즉 한자말인 '태양'일 것이다. 실제로 다른 기록들에서는 고구려인들이 더욱 구체적으로 자연현상인 해를 숭배하고, 해에서 태어났음을 표현하고 있다. 즉 능 비문에서는 추모가 '부란강세(剖卵降世)'하였다고 하였는데, 이때 달걀(卵)은 해를 뜻하고 있다. 모두루총의 묘지석에도 "하박(河泊)의 손자요, 해와 달의 아들이신 추모성왕께서는 북부여에서 태어나셨다."라고 쓰여 있다.

그 밖에 『논형』, 『삼국지』 부여조, 『삼국사기』 등도 주몽의 탄생이 해와 관련되어 있음을 기술하고 있다. 또 『위서』에는 "나는 해의 아들이고 하백의 외손이다(我是日子, 河伯外孫.)"라는 내용이 있다. 일본의 역사책인 『속일본기』에는 789년조에 "백제의 원조상(遠祖)인 도모왕(都慕王)은 하백의 딸이 해의 정기에 감응하여 태어났는데, 황태후는 곧 그의 후손이다."라고 기록되어 있다. 이처럼 고구려인들에게 하늘(天)이란 곧 일월이고, 특히 日인 해를 가리키는 용어요, 개념이었다. '해'는 임금의 성으로 사용할 정도로 부여인, 고구려인에게는 특별한 존재였다. 해는 태양이면서 동시에 의미상으로는 밝음을 뜻하고, 이는 광명사상을 뜻한다.

일찍이 최남선은 '붉'은 알타이어계인데, 한국 문화에서는 국명·지명·족명·인명 등에 사용되었다고 했다. 이는 '광명'을 의미한다. '불함산', '백두산', '태백산', '백의민족' 등에서 사용한 백은 유라시아 대륙에서 사용하는 'bul', 'bal' 등과 유사하다. 바이칼호의 알혼섬에 있는 불칸바위, 카자흐스탄의 발하슈(balkhash)호, 부르글호 등은 이와 연관이 있다. 향가학을 연 양주동도 밝(붉)은 광명 국토의 뜻을 지녔으며 '發(발), 弗(불), 不(불), 夫餘(부여), 夫里(부리), 火(화), 坪(평), 赫(혁), 昭(소), 明(명)', 또는 '白(백), 百(백), 佰(백), 貊(맥), 泊(박), 朴(박), 夸(과)' 등의 글자로 표현됐는데 나라, 지역, 종족, 사람의 이름에 사용되었다고 하였다. 중국의 역사책들인『사기』,『일주서』,『한서』,『좌전』등에서 전하는 부루, 불, 발, 박은 우리 조상을 가리키는 명칭이라는 주장도 있다(강인숙). 알타이어에서는 하늘을 '탱그리(Tengri)'라고 하는데, 흉노는 자신들의 임금을 '텡그리 고도(Tangri godo)', 즉 하늘의 자식이라고 불렀다. 부여인들과 고구려인들도 마찬가지여서 스스로를 천손, 천제, 천제라고 칭했다.

우리도 해를 숭배하기에 해와 연관된 성, 인명, 지명 등이 많다. 해모수, 해부루 등의 해는 태양을 뜻하는 우리말이다. 백두산, 태백산 등의 '백(白)'은 해를 나타낸다. 결국 해모수의 해는 그가 태양신이며, 하늘의 자손임을 알려준다. '해' 즉 '밝음'은 부여와 고구려를 비롯해서 우리 민족 신앙 및 사상의 원형이었다. 또한 태양 신앙이 강했다. 실제로 단군신화에서 가장 중요하고 주도적인 역할을 한 존재, 어쩌면 해모수와는 성격과 위상 등이 유사한 환인과 환웅도 '환하다'와 연관된 밝을 '환(桓)'을 성으로 삼고 있다. 그 밖에도 동명신화, 주몽신화, 박혁거세신화 등 우리 신화들은 천강신화이고, 밝음과 연관되었다.

'해'가 성이라면 이름인 '모수'는 어떤 의미일까?

'모수(慕漱)'는 '해'라는 성(氏)처럼 특정한 사람을 가리키는 고유명사일 가능성은 희박하다. 고대에는 일반적으로 제사장이나 왕 같은 특별한 사람의 이름이 직접 불리는 경우가 거의 없었기 때문이다. 그럼 '해'와 동일한 의미, 아니면 최소한 등가의 가치를 지닌 모수라는 이름은 무슨 뜻을 담고 있을까? 분명히 중요한 메시지를 담았을 것이다.

나는 시를 쓰는 문인으로서 해모수와 연관된 시를 여러 편 썼다. 고구려라는 제목의 시집도 대여섯 권은 된다. 그리고 문인 또는 예술가의 입장에서 비교적 유연한 태도로 해모수를 이해하고 있다. 하지만 기본적으로는 해모수라는 인물이 누구인가를 알고, 규명하는 역사학자의 입장이 되기도 한다. 그래서 신화학이라는 방법론을 도입해서 심도 있게 이해하려 한다.

해모수라는 존재의 독특한 위상과 신화로써 기록된 상황으로 인하여 이 부분에서는 주로 '의미'라는 관점에서 살펴보기로 한다. 나는 과거에 논문들을 통해 우선 단군신화와 주몽신화(해모수신화)는 구조적으로 일치하며, 또한 단군이 탄생, 주몽의 탄생이라는 결과를 낳게 하는 다양한 습합의 과정과 역할을 분담하는 방식이 거의 비슷하고, 또한 방대한 내용의 신화를 구성하는 신화소들도 용어나 내용이 유사하다는 점을 밝혔다. 그런데 단군신화를 분석하면 두 개의 상반된 신의 개념이 공존한다는 것을 알 수 있다. 즉 '환인', '환웅'으로 표상되는 '붉' 신과 熊(虎도 가능성이 있음), 王儉으로 표상되는 '금' 신이 공존한다. 간단하게 설명하면 '단군왕검(壇君王儉)'은 단군과 아울러 왕검을 덧붙여 만든 합성명사로서 합일(合一)의 모습을 마지막으로 강조하였다.

그런데 나의 주장처럼 해모수신화 또는 동명신화가 단

군신화의 구조와 동일하다면 해모수도 그런 의미와 구조 속에서 단군왕검처럼 복합명사일 가능성이 크다. 그러면 단군에 해당하는 '해'와 왕검에 해당하는 '모수'는 해모수와 유화라는 구도가 되어야 한다. 즉 모수와 유화는 유사한 성격을 갖고, 유사한 역할을 해야 한다. 그렇다면 '모수'의 의미 또는 성격을 더 구체적으로 알기 위해서는 熊(곰)과 같은 의미를 갖고, 비슷한 역할을 한 '유화'를 알아야 한다.

유화.

정말 독특한 존재다. 주몽이 탄생하는 데에 결정적인 역할을 한 그녀는 하늘(天)의 역할과 성격을 부각할 목적으로 물신의 성격을 분명하게 드러낸다. 아버지는 물신인 하백(河伯)이다. 『동국이상국집』에는 유화가 웅심산 아래 웅심연에서 해모수를 만나, 물가에서 결합하였다. 그 후 아비에게 버림받은 채로 물속에 있다가 금와에게 구출되어 주몽을 낳았다는 내용이 있다. 모두 물과 연관이 깊다. 그렇다면 모수 역시 물신 또는 연못의 성격을 지니고 있는 셈이다.

또 하나가 있다. 단군신화 속의 웅(熊)이 곰으로서 동굴신, 지모신(땅의 여신), 달(月)동물의 상징이라면, 유화도 마찬가지여야 한다. 그런데 모두루총의 묘지석에는 주몽이 '해와 달의 자식(子)'으로 쓰여 있다. 거기다가 그녀와 관계를 맺은 '금와(금개구리)'는 신화적으로 '달동물(runar animal)'로서 달신을 상징한다. 또 유화는 『삼국지』에 '수혈신(동굴신)'이라고 쓰여 있다. 결국은 금와왕도 유화부인과 동일한 의미를 지니고 있다. 이러한 모든 요소를 고려하면 한자인 '모수'는 한자 자체의 의미와는 무관하게 '물신'이나 '지모신', '달신'일 가능성이 높다.

우리가 인용하고 살펴본 기록들을 보면 해모수와 유화가 등장하는 무대는 『삼국사기』에서는 웅심산(熊心山, 곰마음산)으로, 『삼국유사』에서는 웅신산(熊神山, 곰신산)으로 나타난다. 즉 해모수는 1차적으로 웅신산, 개마산에 내려온다. 다음 단계로 웅녀(곰여인, 신녀)에 해당하는 유화부인을 웅심연(곰마음연못)에서 만난다. 그러니까 유화부인은 '곰(bear)'이 아닌 땅과 연관된 '신'이라는 의미를 지닌 '고마' '개마'와 깊게 연관되어 있다. 당연히 고구려 역사에서도 '개마'는 중요하다. 해모수신화에 등장하는 웅신산, 웅심연, 개마산 등은 '감(gam)'계 언어다.

알타이어에서 '감'계의 언어는 해와 상대적인 의미와 기능을 상징한다. 신, 군장, 사람의 뜻을 가진다. 동북 시베리아에서는 무당을 kam/gam 등으로 부른다. 일본어에서도 '神(가미)', '곰(熊)'을 가리킨다. 신라도 gam(神)을 사용하였다. 나는 고구려라는 국명의 어원도 연관이 깊다고 생각한다. 일본 열도의 왜국에서는 고구려를 '고려(高麗)'라고 썼지만 '고마'라고 발음했다.

결론적으로 해모수는 단군왕검처럼 2개의 상대적인 논리, 사상, 집단을 합일시킨 존재의 상징이다. 그렇다면 '해'는 광명사상 또는 하늘과 연관된 성격의 집단이다. 반면에 '모수'는 감계의 기호로서 대지 또는 수신과 연관된 토착 집단을 의미한다. 따라서 '해모수는 2항 대립을 해소한 제3의 존재, 3의 논리를 내포하는 합성명사로서 만들어진 명칭이 아닐까'라고 생각한다.

해모수를 가리키는 호칭은 사료에 여러 가지로 나와 있

다. 천제, 천왕, 일, 단군지자, 상제 등이다. 그렇다면 이러한 각각의 호칭은 어떤 의미를 지니고 있을까?

우리가 잘못 알고 있는 사실을 지적하고 싶다. 우리는 국가의 최고 정치인, 즉 왕에 해당하는 인물을 우리말로 부르는 원래의 명칭을 갖고 있었다. 그런데 언젠가부터 한자말로 바뀌어서 왕으로 되었다. 신라도 거서간, 이사금, 마립간을 거쳐 6세기에 들어와 지증왕이 왕으로 호칭을 바꿨다. 해모수는 하늘(天)과 연관이 깊다. '천제', '천왕랑'은 하늘의 임금, 하늘의 왕이라는 뜻이다. 또 광개토태왕비문 같은 금석문에서는 '皇天'이라는 글자까지 나타난다. 훗날의 발해인들은 초기에 일본에 보낸 국서에 자신들을 '천손'이라고 칭했다.

초원에 사는 유목민들은 하늘과 연관이 깊은 문화소들을 애용했다. 알타이어에는 하늘을 '텡그리(퉁구리, 탕리 등)'라고 불렀다. 몽골의 'Tengri', 터어키어의 'Tangri'와 같은 말이다. 중국에서는 '탱리(撑犁)'라고 기록했다. 흉노족들은 임금을 '텡그리 고도(천자)'라고 불렀다. 투르크인들은 족장 또는 임금인 '칸(Khan)'은 텡그리의 아들이라고 인식했고, '텡그리즘(Tengrism)'이라는 종교로 발전시켰다.

이들의 하늘 신앙을 고려한다면 해모수신화는 유목문화 집단들의 정치적인 목적이나 군사활동을 전개하면서 공간을 이동하는 것이거나, 주민들이 평화롭게 이주하는 과정인 '생활권'의 이동을 표현한 것일 수 있다. 물론 종교적으로도 해석할 수 있다. 신적인 존재들이 신의 뜻을 빙자해 다스리는 '신정 질서'라는 고대인들의 세계관이다. 그렇다면 기존 질서에서는 불리한 지위의 존재가 새로운 세상을 건설하는 모습일 수도 있다. 실제로 천제인 해모수가 하늘에서 내려오는 일은 특별한 상황이다.

광개토태왕 비문에는 "북부여에서 비롯되었으며 천제의 아들이며 어머니는 물신인 하백이 따님이시다."라는 구절이 있다. 모두루 묘지에도 "~하백의 자손이며 해와 달의 아들인 추모성왕은 원래 북부여에서 나왔다. ~"라고 쓰여 있다. 여기에서도 '日' 즉 해라는 표현이 나왔다.『삼국유사』에서도 "천제가 다섯 마리 용이 끄는 수레를 타고 흘승골성(요나라 의주 지역)에 내려왔다."라고 기록되어 있다. 그 밖에도 천왕랑, 천신 등 해모수를 부르는 호칭은 '하늘'과 연관이 깊다. 천손 민족에게 현실이란 '하늘(天)'을 모델로 삼은 다른 모습이고, 생명의 근원과 회귀할 원형도 하늘(天)이라 할 수 있다. 따라서 모든 것이 하늘(천)과 관련되어 표현되고, 하늘(천)을 숭배하고 있다. 동명왕은 죽을 때 황룡에게 업혀 하늘(천)로 올라갔으며(승천), 남겨진 옥채찍을 장사지냈을 뿐이다. 부여인들과 고구려인들은 하늘을 무엇이라고 불렀을까? 알 수는 없다. 그러면 왕에 해당하는 우리의 명칭은 무엇일까? 즉 해모수나 주몽, 단군, 왕 등 우리의 최고 정치지도자는 무엇으로 불렸을까?

이는 두 가지로 추정할 수 있다.

첫째는 '한' 계다. 발음을 han, kan, khan, gan 등으로 할 수 있는 것들이다.

「한」은 桓(환), 韓(한), 汗(한), 干(강), 丸(환), 漢(한) 등의 글자로서 신의 이름, 종족과 부족의 이름, 나라 이름 산 이름, 강 이름, 땅 이름 등에 쓰여왔다. 뜻은 크다, 길다, 넓다, 하나다, 진리다, 왕, 하늘 등으로 사용되었다.

대한민국이 계승한 대한제국은 역사에서 사용되었던 '한국(韓國)'을 계승하였다. 이때 '한(韓)'은 'han', 'kha'n, 'kan', 'gan' 등으로 발음되는 '몽골어', '투르크어', '퉁구스어' 등의 알타이어 계통에서 특별한 의미를 지니고 있다. 또 신라의 '거서간', '마립간', '서발한', 가야의 '유천간'처럼 왕이나 족장의 호칭으로 사용되었다. 또 '각간', 오간처럼 관직에도 사용되었다. 알타이어계에서도 역시 대추장을 나타내는 용어로 사용되었다.

흉노의 임금들은 자신들을 '텡그리 고도'라고 불렀는데, 하늘의 아들이라는 뜻이다. 몽골인들이 초원에 건국한 유연은 처음으로 '한(khan)'이라는 용어로써 족장을 불렀다. 유연이 멸망한 후에 유민들은 서쪽으로 이주하면서 여러 지역에 정치 세력들을 구축했다. 그리고 마지막에는 현재 항가리가 있는 판노니아 평원과 발칸반도 북부, 이탈리아 북부에 이르는 넓은 지역에서 '아바르 한국(Avar Khanate)'이라는 국명으로 558년부터 822년까지 강국으로 군림했었다. 이어 투르크(돌궐)부터는 대부분 지배자 이름에 '한(칸)'을 사용했다. 돌궐의 계민가한, 거란의 무상가한, 몽골의 성길사한(Chingz khan) 등이 있다. 또한 이들이 세운 나라들도 '한국'을 칭한 경우가 많았다. 대표적인 국가가 투르크계가 세운 위구르 한국(Uyghur Khaganate), 몽골계가 세운 금장 한국(Kipchak) 등이다. 나는 한국이라는 국호의 어원과 의미라는 논문을 발표했고, 결론 부분에서 인류 역사에는 39개의 한국이 있었다고 썼다. 그리고 부록으로 한국들을 분류하여 도표로 만들어 제시했다.

둘째는 '감' 게다. 위당 정인보는 「조선사 연구초」에서 '왕검'을 향찰법으로 '임검'이라 읽을 수 있다고 했다. 즉 임금으로 발음된다는 주장이다. 최남선은 '감'을 대인, 신성한 사람 등의 뜻으로 보아 단군왕검(壇君王儉)을 '당굴 얼검' 즉 단군임금이라고 하였다. 다시 한번 결론을 내리면 해모수는 해+모수의 합성명사다. 이때 해는 태양, 밝음(광명) 신앙, 한(han)을 의미하고, '모수'는 해의 상대어겸 유화의 성격을 내포한 감계(gam)의 내용이다. 즉 해모수는 하늘나라의 임금 겸 땅의 임금이었던 것이다.

탄생한 시기와 시대 상황의 이해

시대가 영웅을 낳을까? 영웅이 시대를 낳을까?

많은 사람이 관심을 갖는 주제다. 그래서 나름대로 답을 찾아보고, 또 논쟁을 벌이는 내용이다. 나도 중동고등학교 3학년 때 학보의 학생 논단에 '민족과 영웅'이라는 제목의 글을 실었다. 누구나 할 수 있는 가장 손쉬운 질문이지만 결론만큼은 쉽게 내릴 수 없다. 결국 상황과 주체의 상관성 문제다.

우선 주체인 인물이 탄생한 시기, 그리고 장소 즉 고향이 중요하다. 그것은 그의 생물학적 특성뿐만 아니라 부모의 경험, 가치관 등을 계승하는 일과 연동되기 때문이다. 또한 역사적인 인물이나 정치적인 인물들을 볼 때 탄생하고 성장할 때의 시대정신이나 국내의 상황들, 국제관계 등도 개인의 기본 성격이 형성되는 데 중요하다.

우선 해모수라는 인물에게 영향을 준 시간에 대해서 알아보자.

누구에게나 생일은 있다. 그런데 생일은 단순하게 '기념일'만은 아니다. 존재의 탄생이고, 개체에게 그것은 우주의 탄생과 동일한 의미를 지닌다. 전 근대 또는 고대나 선사시대로 올라가면 가장 중요한 것은 자식의 탄생이다. 개인의 탄생이지만, 동시에 씨족원의 탄생이고, 공동자산의 획득이기 때문이다. 그래서 어떤 날에 탄생하는 것은 중요하지 않을 수 없다. 부모 또는 씨족의 생업과 연관된 시기도 고려해야 한다. 전쟁이나 천재지변, 기아 등의 특별한 상황을 제외하고는 대부분은 계절과 날짜를 고려해야 한다. 그래서 각별히 좋은 날과 시간을 선택했다. 오죽하면 지금까지도 '사주'와 '명리학'이 중요하게 취급받는다.

우선 그가 태어난, 또는 하늘에서 내려와 역사에 등장한 날을 보자.

다음은『삼국유사』「기이」의 북부여조 기록이다. "옛 책에 이르기를『전한서』에 선제 신작 3년 4월 8일에 천제가 다섯 마리 용이 끄는 수레를 타고 ~ 내려와 도읍을 정하고 나라 이름을 북부여라 하고, 스스로 해모수라고 하였다." 즉 세상에 내려온 날(또는 생일)이 4월 8일임을 알려 주었다. 우연일지도 모르지만 주몽도 다음 해인 신작 4년 4월에 탄생했다. 그렇다면 우선 음력 4월을 주목해야 한다. 봄날이다.

그런데 8일은 더욱 의미가 있다. 누구나 알고 있듯이 석가모니의 탄신일이다. 그런데 『삼국유사』를 제외하고는 해모수가 내려온 날을 4월 8일이라고 쓴 책은 없다. 승려인 일연이 이날의 의미를 몰랐을 리는 없다. 그렇다면 이 신화가 불교가 성행한 이후에 개작된 신화에서 불교식으로 윤색되었을 가능성도 있다. 사실 고구려는 불교를 제일 먼저 받아들이고, 진지하게 신봉한 국가였다. 특히 광개토태왕은 '담덕(덕을 말한다.)'이라는 이름에서도 알 수 있지만, 많은 사찰을 건설한 독실한 불교 신자이기도 했다.

일연의 불교 사관이 작동했을 가능성은 또 있다. 『삼국유사』는 유사한 내용을 동부여를 다룬 해모수신화에 아래와 같이 기록하였다. "북부여왕 해부루의 재상인 아란불(阿蘭弗)의 꿈에 천제가 내려와서 이르기를, 장차 내 자손을 시켜 이곳에 나라를 세우려 하니, 너는 이곳을 피해 가거라. 이렇게 동명이 장차 일어날 조짐을 알려준다. 그리고 이렇게 말했다. '동해의 물가에 가섭원(迦葉原)이란 곳이 있는데, 땅이 기름지니 왕도를 세울 만하다.' 그러자 아란불은 왕에게 권하여 그곳으로 도읍을 옮기니, 국호를 동부여라 하였다."(『삼국유사』동부여조)

그런데 아란불(阿蘭弗) 하면 불교를 믿는 신자들은 우선 아난존자(阿難尊者)를 떠올린다. 그는 평생 석가모니를 수발했고, 석가가 말한 내용들을 외워서 경전으로 만드는 데 큰 역할을 했다. 또 하나가 '가섭원'이라는 지명이다. 석가모니의 10대 제자 가운데 한 명이 가섭존자다. 이러한 점들을 고려하면 명확하지는 않지만 일연이 기록한 해모수신화에는 곳곳에 불교와 연관된 내용들이 있다. 실제로 일연이 살았던 그 시대의 상황을 보면 불교는 신앙이나 종교를 넘어 일종의 정치 이데올로기이며, 철학과 윤리 등을 표현한 지식체계였다. 일연은 『삼국유사』를 출판한 시기는 고려가 1232년부터 1271년까지 강화도에 임시정부를 세운 기간과 연관된다.

나는 1981년에 「단군신화에 대한 구조적 분석」이라는 제목의 논문을 쓰면서 최종적으로 결론을 내렸다. 적어도 『삼국유사』에 수록된 단군에 관련된 기록들에는 일연의 개인적인 사상과 논리구조 등이 아주 강하게 담겨 있다고 했다. 집필할 당시의 시대적인 상황을 고려하면 해모수의 탄강 또는 생일을 4월 8일이라고 한 것 또한 부처님 즉 석가모니가 탄생한 초파일을 염두에 두었을 가능성이 농후하다. 『고려사』에는 강화 임시정부가 4월 8일에 연등 행사를 했다는 기록이 있다. 따라서 해모수라는 존재의 등장은 역사적인 사명을 갖고 있으며, 고려인들이 처해 있는 현실을 극복하는 데 본받을 모델로 선정된 것임을 알 수 있다.

또 하나. 탄생하거나 역사에 등장한 해를 알아보는 일도 해모수의 정체성을 아는 데 중요하다. 그가 맞이한 시대 상황의 문제이기 때문이다. 『삼국유사』에는 해모수의 하강 시기가 신작 3년인 기원전 59년으로 나와 있다. 『동국이상국집』은 첫여름(孟夏)이라고 했다. 『삼국사기』에는 동명성왕이 탄생한 연도가 기원전 58년으로 기록되어 있다. 이 해는 해모수가 내려온 기원전 59년의 다음 해다. 따라서 그 해를 동명성왕이 수태된 해로 해석하는 경향도 있다. 이러한 기록들을 고려하면 해모수가 활동한 시기는 기원전 70여 년 전후일 것이다. 그렇다면 해모수가 세상에 태어난 해는 최소한 기원전 100년~기원전 90년 사이가 아닐까?

그 시대에는 위만조선이 이미 멸망했고, 여러 지역에서 독립전쟁이 벌어지고 있었다. 조선과 한나라 간에 벌어진 소위 '조한전쟁'은 1차적으로 동아시아 질서를 놓고 한민족 세력과 한족 세력이 벌인 군사적·정치적인 대결의 성격을 띠었다. 두 나라 간에 1년에 걸쳐 치열하게 진행된 전쟁은 향후 동아시아의 역사가 전개되는 과정에 작지 않은 영향을 끼쳤다. 『사기』등의 기록에 따르면 위만조선은 기원전 108년에 멸망했고, 동아시아에는 새로운 질서가 수립되었다고 한다. 위만조선의 영토인 일부의 지역에서는 한나라의 식민지체제가 성립되었고, 서해는 한나라의 내해와 같은 성격이 강해졌다. 결국 주변의 각 국가는 한나라 세력들에 의해 정치적이고 경제적인 교섭을 직접 통제받게 되었다.

그런데 역사를 이해하고, 역사상을 정확하게 규명하는
데, 특히 한국의 지식인, 역사학자들이 꼭 염두에 두어야
할 내용이 있다. 국가의 흥망, 특히 붕괴와 연관된 메커니
즘과 이론이다.

첫째, 한 국가가 멸망했다는 사건은 주민들의 소멸과
는 절대적인 연관성이 없다. 국가가 멸망하면 정치적으
로 진공 상태가 되었고, 정치 권력을 담당하는 지배 집단
이 바뀐 것이다. 물론 영토는 일부 또는 전부가 점령당할
수 있다. 하지만 사람들이 먹을 것을 생산하면서 살던 토
지, 산천, 하늘 등 생태계는 없어지거나 달라지지 않는다.
물론 조금씩 변할 수는 있지만, 대부분은 그대로 다 있다.
주민들은 전쟁의 와중에서 일부는 전사하고, 일부는 포
로나 노예로서 끌려간다. 그런데 고구려도 마찬가지였지
만 대부분의 주민은 그 땅에 남아 있다. 즉 국민들은 사
라져도 주민은 남고, 인간은 계속 그 땅에 거주하는 것이
다. 그 중요한 노동력과 군사력을 왜 없애버리겠는가. 이

러한 사실들은 특히 만주 지역의 역사를 이해하는 데 매우 중요하다.

둘째, 승전국이 패전국을 영원히 지배하는 것은 절대 아니다. 더더욱 원정군으로서 전투에서 승리한 것이라면 지배 상태가 장기간 지속되는 경우는 드물다. 페르시아 제국도, 알렉산더 원정군도, 몽골군도 마찬가지였다. 당연히 유민들이 주도해서 복국전쟁 또는 독립전쟁이 일어났다. 그 결과는 각각 다르겠지만 이건 분명한 사실이다. 그런데 한나라는 위만조선과 벌인 싸움에서 승리했지만 조선의 영토와 백성들을 직접 통치할 능력이 없었고, 그럴 의사도 없었다. 왜냐하면 실익이 작거나 오히려 손해이기 때문이었다.

실제로 그 무렵의 한나라는 전성기였으므로 전쟁을 많이 벌였고, 실패도 많았지만 승리한 경우도 많았다. 그래도 점령지를 직접 지배하는 경우는 드물었다. 더구나 그 무렵에는 한나라를 60여 년 동안 거의 지배해온 흉노 세력들이 아직 완전하게 물러난 것이 아니었다. 심지어는 항복을 했던 남흉노마저도 마음대로 할 수 없는 상황이었다. 이러한 복잡하고 불안정한 상황에서 한나라로서는 당연히 점령지의 관리가 부실하거나 불가능해질 수밖에 없었다. 그래서 임시로 형식적으로 설치한 군현을 신속하게 없애기도 했다.

당연히 이러한 지역에서는 조선의 옛 주민들이 독립전쟁을 벌이기 시작했다. 그들은 진번과 임둔을 몰아냈고, 기원전 75년에는 현도군까지 몰아냈다. 이후에는 이러한 지역들을 중심으로 나라를 세웠다. 이러한 과정의 한계 속에서 숱한 소국들이 생성하고 난립하면서 서로 간에는 경쟁이 치열하게 벌어졌다. 이러한 시대를 나는 소위 '조선 後(post)질서'라고 명명했다.

그런 표현을 하는 이유가 몇 가지 있다. 간단하게 말하면 그렇게 해야 모든 나라는 조선의 후계국들이라고 평가할 수 있고, 그게 또 사실이다. 그래서 그 시대 사람들은, 예를 들면 초기부터 단군과 연관이 깊은 해모수를 천제, 황천, 해(日)라고 모시며, 신으로 받들었던 것이다. 또 하나 알아야 할 사실이 있다. 이러한 용어를 적용하면 그들, 즉 소국들 간에 벌어진 100년 가까운 경쟁과 투쟁 등은 단순한 싸움이 아니나 분열된 국가들을 통일시키는 '통일전쟁'으로 규정할 수 있기 때문이다. 아마도 소국의 왕이나 귀족들, 특권층이 아닌 모든 주민은 어떤 한 나라가 통일을 빨리 해주기를 학수고대했을 것이다.

이렇게 만들어진 신질서에 속한 소국들은 부분이 아니라 전체로서는 종족, 언어, 문화 등의 유사성과 공동의 역사적인 경험을 보유한 일종의 '역사 유기체'였다. 따라서 본능이지만 이 소국들은 조선을 정치적·문화적·종족적으로 계승한다는 국가의 목표를 세웠다. 이것은 발전의 큰 명분과 힘의 원천이었으며, 멸망하는 그 순간까지도 변함없는 소중한 국시(國是)였을 것이다. 이 소국가들 간에 벌어진 경쟁에서 초기에 성공한 나라가 부여였다. 그리고 북부여, 동부여, 홀본부여 등은 조선 공동체의 핵심 정치체들이었다. 이러한 상황 등을 고려하면 해모수라는 존재의 성격과 등장하는 역사적인 이유, 역사적인 역할을 한 일 등을 뭔가 새롭게 해석해야 하지 않을까?

이제는 조금 더 구체적으로 해모수의 사적인 부분에 대한 질문을 던진다.

3. 해모수의 사회적인 정체성

생물학적인 특성

얼마나 궁금한 문제인가?

그는 어떤 얼굴을 했을까? 낙랑공주의 마음을 사로잡아 낙랑국을 정복한 호동왕자처럼 꽃미남형일까? 온달처럼 투박하고 순진한 얼굴일까?

사실 그의 외모, 특히 얼굴이 어떻게 생겼는가는 아주 중요하다. 예술의 영역인 얼굴의 미학 때문이 아니다. 생물학적인 성분, 구성원들의 종족적인 성분을 판단하는 데 중요한 기준이기 때문이다. 인류를 구분하는 가장 손쉬운 지표는 몸의 형태다. 인종의 다름은 신체의 구조도 기준이 되지만 살색이 있어서 쉽게 구분된다. 뿐만 아니라 키라든가, 팔다리의 길이, 체모의 많고 적음 등 여러 가지 기준이 있다. 하지만 종족 단위에서 그 기준을 생각해 보면 비슷비슷해서 혼동이 생긴다. 그래서인지 대부분은 자연스럽게 얼굴을 보게 된다. 범위를 좁혀서 동아시아 공간을 보더라도 지역이나 종족마다 얼굴에는 크고 작은 차이가 있는 걸 알아차릴 수 있다.

우리는 지리적인 환경 덕분에 얼굴들의 특성을 손쉽게 구분할 수 있다. 초원이나 숲 등과 연관된 북방계와 중국의 남부, 동남아시아 등과 연결된 남방계, 그리고 중국의 중원과 연결된 중국계 등이 어느 정도의 지역적인 구분을 두고 공존해왔다고 이해한다. 더구나 동일한 종족들이라 해도 세월이 지나면서 얼굴 등의 모습이 달라질 수가 있다. 평원은 물론이고, 초원이나 사막보다도 집단 간의 교류가 더 활발하지 못한 곳이 숲이 가득 찬 공간이다. 가장 대표적인 곳은 아마존인데, 동만주와 북만주 일대도 타이가가 발달해 그런 경향이 있다. 따라서 부여인들 외에도 다양한 종족이 함께 살았다.

부여와 연관되어 있는 종족들은 일단 몽골어 계통이 가장 유력하다. 물론 알타이어계에서 몽골어와 한국어를 구분한다면 한국어 계통도 포함한다. 하지만 만주 지역이라면 주로 몽골어계이고, 6세기 중반의 사료들을 보아도 부여어와 선비어, 거란어는 말이 통했음을 알 수 있다. 그렇다면 부여인의 얼굴에서 가장 일반적인 특징은 몽골어 계통의 집단들과 유사했을 것이다.

두 번째로 연결시키고 싶은 종족들은 퉁구스어 계통이다. 중국 사서에서는 시대별로 숙신, 읍루, 물길, 말갈, 여진 그리고 현재 만주족으로 기록되었다. 이들은 일부는 북만주 숲속과 물가에서 살았지만, 더 많은 주민은 동만주 일대의 숲과 강 주변에서 살았다. 따라서 전기 부여인의 얼굴이 만들어지는 데에는 큰 역할이 없었을 것이다. 하지만 이 퉁구스인들이 '읍루'라는 이름으로 표기되는 시대에 오면 부여와 연관을 맺고, 그 관계는 점차 깊어진다. 당연히 생활권이 겹쳐지는 부분도 있으므로 두 집단 간에는 피가 섞였을 비율은 높아졌다. 전형적인 퉁구스계 얼굴은 크고, 평평하다. 또한 코도 낮고 두텁다.

세 번째는 투르크어계 계통의 얼굴과 연관이 있다고 판단한다. 부여가 전기에 활동했던 핵심 위치는 중만주 일대다. 그 지역들을 답사한 적이 있는데, 거기서 서북 방향으로 가면 대흥안령산맥이 나타나고, 넘어가면 광활한 몽골 초원이다. 이 초원에는 이름과 달리 투르크어계의 주민들이 오랫동안 살았다. 그들은 비율의 차이가 약간씩 있지만 백인종 혈통과 황인종 혈통이 섞인 사람들이다. 백인종은 문화적으로는 스키타이계이고, 혈연적으로는 스키타이를 포함하는 아리안계로 보면 무난하다. 따라서 그들은 당연히 얼굴이 길고, 얇으며 코가 높으며, 눈빛이 깊을 뿐 아니라 수염이 많다. 역사 기록에서 흉노, 뒤에 나타난 후조 등의 흉노계 나라들, 이어 돌궐(투르크)족들이 여기에 해당한다.

청동기 중기부터는 북방 초원 지역의 문화뿐만 아니라 주민들이 동남진해 와서 정착했을 가능성이 높다. 더구나 새 국가를 만드는 주역이었던 지배계층의 얼굴들에서는 투르크어계의 특징이 나타난다. 이러한 가능성들을 고려한다면 전기 부여인들, 부여의 건국자 또는 부여계 종족들의 대표성을 띤 해모수라면 투르크어계의 얼굴을 많이 지니고 있겠다는 생각이 든다. 그는 서북방의 대초원에서 말 타고 내려온 유목민의 피가 섞인 사람인 아닐까? 지나친 상상일지도 모르지만 역사적으로는 가능성이 충분하다.

그런데 다행스럽게도 부여인의 얼굴을 알려주는 증거들이 남아 있다. 남만주 길림시의 가운데에는 송화강이 흐른다. 강의 한쪽 옆 야트막한 언덕이 있다. 부여 유적이라는 명분도 있지만, 고구려의 강변 방어성인 '동단산성'이 있기 때문에 여러 번 답사했다. 언덕 아래의 평지는 지금 밭이 되었고, 그 터를 '남성자성'이라고 부르는데 부여의 궁성이었다는 주장들도 있다. 이 지역에서 부여인들이 만들어 사용한 금동제 가면이 발견되었다. 지금은 길림시 박물관에 전시되어 있다. 2~3세기경에 만든 것으로 추정되는데, 어떤 사람들은 선비족들의 것과 유사하다고 한다. 그 말도 어느 정도 일리는 있다. 6세기의 사료들을 근거로 삼으면 선비어와 부여어는 서로 통했으니 두 종족이 상당히 가까운 사이인 것은 분명하다.

물론 가면이기 때문에 과장, 크기 등 어쩔 수 없는 특성을 가질 수밖에 없지만 그래도 부여인들의 얼굴은 이해할 수 있다. 얼굴이 긴데, 머리에 상투까지 있어서 더 길게 보인다. 폭이 좁아 볼이 작고, 대신 광대뼈가 강렬하게 묘사되었다. 눈은 크게 묘사되어 있지만 남방계처럼 동그랗거나 쌍꺼풀이 있지는 않다.

나는 북한의 동명왕릉 전시관에서 본 해모수와 유화의 얼굴을 떠올렸다. 고구려인의 얼굴은 내게 항상 큰 관심사였기 때문이다. 해모수의 피를 받았을 고구려인들의 얼굴은 너무나 명확하다. 북한 지역과 남만주 일대에는 100여 기의 벽화고분이 있다. 대부분은 인물이 작게는 몇 명, 많게는 100여 명이 생생하게 그려져 있다. 단순하게 추상적이거나 평범하게 그린 것이 아니라 실제 모델을 놓고 그렸을 가능성이 높다.

1994년도에는 무용총 안에 직접 들어갔었다. 들고 들어간 전등 불빛이 물결처럼 일렁이는 좁은 공간에서 애교머리를 한 여인들이 땡땡이 무늬가 찍힌 옷을 입고 춤을 춘다. 한 손을 쳐들어 자락을 날리면서 터져 나오는 신명을 삭히며 웃음기를 띤 얼굴에서는 활달함과 자유로움, 멋과 풍류가 흘러내린다. 동글지만 비교적 갸름한 윤곽에 쌍꺼풀은 지지 않았지만, 눈알은 크고 새까맣다. 코는 크지 않지만 오똑 솟았고, 연지를 바른 입술은 윤곽이 뚜렷하며, 귀가 복스럽게 생겼다. 키는 늘씬하다. 북방족의 혈통이 섞인 전형적인 고구려 여인들이다. 그렇다면 해모수와 유화부인의 얼굴 윤곽이 어느 정도는 잡히는 듯하다.

사용한 말

이제 해모수의 얼굴과 몸 등 생물학적인 특성을 대충 알았으니 이제는 부여의 문화를 살펴보는 순서다. 특히 말 즉 언어 문제다. 문화는 물론이고 특히 민족문화의 생성과 관련하여 주요한 매체는 언어다. 만남과 공존을 가능하게 만드는 기본 조건이고, 소통수단이기 때문이다. 그런데 문명이나 문화, 거대한 국가, 심지어는 조그만 규모의 부족에서도 다양한 언어를 사용하는 경우가 많다.

난 참 궁금하다. 해모수는 어떤 말을 했을까? 하늘에서 내려온 해모수와 땅, 특히 물가에서 살았던 유화부인과는 어떻게, 무슨 말로 소통했을까? 그녀를 감복시킨 해모수가 구사한 언어는? 또 유화부인은 금와를 만났을 때 절박한 상황을 무슨 말로 설명했을까? 그건 그래도 가능성이 있다. 그런데 주몽이 도착해서 나라를 세웠을 때 그곳에서 살아온 홀본부여의 사람들과는 어떤 말을 주고받았을까?

우리가 동아시아, 중앙아시아, 북아시아의 문화를 유형화하는 용어 가운데 하나가 알타이문화다. 알타이 지역의 초원에서 거주하고 활동하는 유목민들의 혈연, 문화 등이 성격들이 적용되면서 알타이문화라는 것이 만들어졌다. 그리고 이 문화는 유라시아 세계를 이해하는 척도가 되어 버렸다. 우리도 당연히 그 범주에서 우리의 역사와 문화를 해석해왔다. 물론 2000년대 이후로 이 설이 비판을 받는다. 최근에는 '트랜스 유라시아어(Transeurasian languag)설'이 등장해 언어의 기원지를 만주의 요하 일대로 본다. 어쨌든 이 지역에는 사람들이 살았고, 그들은 어떤 언어든 사용해서 소통하면서 역사를 이루어왔다. 그리고 어떤 용어로 표현되고 유형화되었다고 해도 각 집단 간의 의사소통이 이루어지는 방식과 상태는 기록에 잘 남아 있다.

일부 민족 및 국가들에는 언어가 동일하다는 것이 해당할 수 있으나, 그렇지 않은 경우도 있다. 구성원들 사이에 언어상으로 약간의 차이를 느끼면서도 많은 사람이 사용하는 공통어를 중심으로 초기의 민족과 고대 국가가 형성된 경우도 많다. 민족국가가 형성되어가는 단계인 고대 국가들에서는 자연스럽게 나타날 수 있는 현상이다. 적어도 고조선 후기에 핵심부에서 사용한 언어는 주로 알타이어계에 속한다. 부여와 고구려 등은 주변의 일부 지역을 제외하고는 주민들 간의 언어 소통에 문제가 없었으며, 앞에서 살펴본 대로 몽골어 계통의 주민들과는 무난하게 의사소통했을 것이다.

『후한서』 고구려전에는 고구려는 부여의 별종이라고 기록되어 있다. 『동옥저전』에는 부여의 언어가 고구려와 대체로 같다는 내용이 나와 있으며, 예전에는 노인들이 스스로 말하기를 고구려와 같은 종으로서, 언어와 법속이 대체로 비슷하다고 하여 종족적인 계승성을 나타내고 있다. 물론 옥저와는 통하지 않는다는 기록도 있다.

『위서』와 『북사』의 실위 편에는 "실위어는 고막해, 거란, 두막루와 같다(語與 庫莫奚 契丹 豆莫婁國同.)."라고 기록되어 있다. 그런데 두막루국은 북부여의 유민들이 세운 나라이므로 결국 실위어는 부여계인 고구려와 큰 차이가 없었던 것이다. 실위어는 거란어와 같으므로, 선비어와는 서로 통한다. "실위는 거란의 별류다."라는 기록도 있다. 거란어는 몽골어에 속한다. 그런데 두막루국은 부여의 후손이니, 결국 실위어는 부여를 계승한 고구려와 큰 차이가 없었을 것이다. 이러한 기록들을 교차하면 아래 같은 결론이 나온다. 즉 동호계로 알려진 선비어와 거란어는 서로 통하고, 선비어나 거란어는 부여와 통한다. 그렇다면 부여, 고구려, 백제, 동예 등은 동호계와 언어 소통을 할 수 있었다는 것이다. 다만 옥저는 때에 따라서 다른 모습으로 기록되었다. 중국의 쑨진지는 "언어적 측면에서도 "실위어는 기본적으로 몽골어족에 속한다. ~ 고대 몽골어족이 동호, 예맥, 실위의 3대 어족으로 나뉘었을 가능성이 비교적 크다"라고 주장했다.

그렇다면 해모수와 유화부인은 혹시 사투리일지는 몰라도 서로 말이 통했던 것이다. 하백은 물론이고, 금와와 주몽 등은 모두 다 말이 통했다.

가계와 기질

이제는 다음 단계로 자연스럽게 그의 가계가 궁금해진다. '아버지는 도대체 누구이며, 어떤 사람이었을까? 그의 가계는 어떠했을까?'라는 궁금증이 생긴다. 혹시 망했던 위만조선의 장군은 아니었을까? 마치 훗날의 고선지처럼. 또 있다. 요하의 서쪽에서 이주해온 세력인 위만이 다스리기 이전에 이 지역을 다스렸던 원조선과는 어떤 관계에 있었을까? 유민 세력들은 『사기』에 기록되었듯이 위만조선에서 대신이나 장군으로 요직을 차지했다. 특히 일부는 한나라와 전쟁을 치르는 도중에 우거왕을 배반했을 정도이니 원조선의 유민 집단 등은 만만치 않은 세력이었을 것이다.

해모수의 아버지, 할아버지와 연관하여 여러 가지 인상이 떠오른다. 어떤 기록에는 그, 즉 해모수를 천제가 아닌 천제의 아들로 설명했다. 천제가 해모수 이전에도 있었던 것이다. 그렇다면 당연히 그는 왕자로 태어날 때부터 이른바 왕의 그릇을 보였다. 따라서 왕위를 이을 그의 성격 또는 기질은 분명히 부여의 첫 역사에 엄청난 영향을 끼쳤을 것이다. 뿐만 아니라 그가 만들어가는, 건설해가는 새로운 사회의 시스템 등에도 작지 않은 영향을 주었을 것이다.

또한, 그가 어린 날을 보낸 생태환경을 고려하면 자연스럽게 그의 기본적인 기질이 드러날 것이라고 생각한다. 부여가 초기에 활동했던 1차 중심지는 대흥안령산맥을 훑고 내려온 눈강의 상류 지역인 치치하얼(齊齊哈爾) 또는 눈강 하류와 북류 송화강이 만나는 대안(大安)을 중심으로 한 송눈(松嫩) 평원 지역으로 본다. 물론 그 이북인 훌룬 보이르(후룬베얼) 초원도 간접적으로 관련되어 있을 것이다. 이 지역은 고구려 때의 부여성이며, 광개토태왕 때 모두루가 북부여로 수사로 파견되었다. 그러니까 초기의 북부여는 현재의 농안과 대안 일대였다. 이 지역은 발해 시대에 부여부(扶餘府)였고, 야율아보기의 첫 번째 공격을 받고 처참하게 무너진 곳이기도 하다. 이후 요나라는 이 지역에 황룡부를 두었다.

이 지역은 일찍부터 인간이 거주했고, 기원전 13~12세기경의 예맥계 유물들이 여러 장소에서 발견된다. 역사상에 기록된 예인들은 송화강과 눈강의 초원지구에 거주하던 어렵부락 사람들이었다고 한다. 이 문화는 길림시 일대의, 우리와 연관이 깊은 서단산문화와도 연관되었다. 중국 학자들은 기원전 16세기에 동호와 예맥 등이 흑룡강의 최상류인 막하 지역, 흑하시의 북부 지역, 눈강 유역 일대에서 활동했다고 주장한다.

이 지역에서는 여러 생태환경이 교차한다. 북쪽은 눈강의 상류와 소흥안령으로 이어지고, 서북쪽은 대흥안령과 홀룬베이얼 초원이, 서남쪽은 거란계가 거주하는 건조지대, 동쪽은 읍루와 물길계가 거주하는 숲지대로 이어진다. 그리고 남쪽은 북상하는 송화강과 동류하는 송화강이 만난다. 나는 이 부여 지역을 여러 차례 답사했고, 1995년에는 대안에서 말을 타고 길림을 거쳐 압록강가의 집안(국내성)까지 내려왔다. 부여인의 남하 루트로 추정되는 지형과 이동 과정 등을 28일 동안 살핀 것이다.

『삼국지』 위서 부여전에는 이렇게 기록되어 있다. "부여는 산과 구릉, 넓은 연못이 많아 동이 지역에서 가장 넓고 널따랗게 트여 있다. 땅은 오곡 농사에 알맞고 오과(다섯 가지 과일)가 나지 않는다." 이를 통해 농경을 했다는 것을 분명히 알 수 있다. 현장에 가보았지만 지금도 대안, 부여 지역은 넓은 충적평야이고, 수량이 풍부하다. 오히려 산과 골짜기가 많은 압록강 중류인 고구려의 수도권보다도 농사를 짓기에 편했다. 한편 부여는 초기부터 초원이 발달한 지역을 차지했다. 서북 만주와 몽골 초원을 잇는 훌룬보이르 초원은 소와 양들을 잘 사육하고, 기록처럼 명마를 기르기 좋은 곳이다.

그런데 또 하나의 기록을 주목해야 한다. 『삼국지』 및 『후한서』 부여전에는 부여의 영토를 설명하면서 "북쪽으로는 약수가 있는데, 2천 리에 달한다."라고 쓰여 있다. 이 때 약수는 자연 지리적인 환경을 고려하고, 농목문화라는 부여의 문화적 특성으로 본다면 흑룡강 중류의 일부일 가능성이 충분하다. 그런데 흑룡강이라고 부르는 강은 적어도 하바로프스크 일대인 중류까지는 송화강으로 해석하는 것이 옳고, 나는 그러한 이론을 발표해왔다. 중요한 사실은 '약수'는 기본적으로 부여의 '내륙 수로'였다는 점이다. 그러므로 전기인 3세기의 부여는 말갈 계통인 '읍루'를 지배하였으므로 북옥저의 이북, 즉 연해주 남부 지역까지 영향력을 행사하였을 수도 있다. 그렇다면 부여 영토 또는 생활권 가운데 적지 않은 부분은 삼림문화, 수렵문화, 강문화와 연관이 깊었을 것이다.

북부여의 후예들이 세운 두막루국을 다룬 『위서』의 두막루전에는 이러한 글이 있다. "그 사람들은 토착하며 살고, 집에 거주하며 창고가 있다. 산과 구릉, 넓은 연못이 많아 동이 지역에서 가장 넓고 높다랗게 트여 있다. 땅은 오곡 농사에 알맞지만, 오과(다섯 가지 과일)가 나지 않는다." 두막루국은 부여가 멸망하기 직전에 주민들이 북동

쪽으로 이동해서 세운 나라인데 그곳의 생태환경은『삼
국지』에서 부여의 생태환경을 기록한 내용과 동일하다.
그러니까 범부여인들은 처음부터 멸망 이후까지도 이러
한 생태환경 속에서 흥망성쇠한 것이다.

　부여가 이처럼 자연환경이 다양하고, 탄생과 성장의 역
사적인 배경도 복잡할 뿐 아니라 종족의 구성 또한 다소
복잡한 국가라면 해모수 또한 분명히 이러한 영향을 받
았을 것이다. 물론 해모수는 넓은 범위에서 활동한 것은
아니었을 것이다. 고대에는 남만주 일대와 대안과 농안
이남인 중만주 일대가 국경을 이루면서 별개의 정치권이
만들어졌을 가능성이 희박하다. 따라서 기본적으로는 유
목인의 특성과 농경인, 수렵인의 성격들을 모두 지니지
않았을까? 그러므로 나는 해모수로 대표되는 부여인들
의 성격 또는 기질을 이러한 생태환경을 고려하면서 찾
아볼 것이다.

　사실 특별한 경우를 제외하고는 어린 날에 겪은 경험들
은 아무리 사소한 것이라도 그 사람의 인생에서 상당한
역할을 할 수 있다. 좋고 싫어함의 기준, 능력의 기본들이

결정되었기 때문이다. 음식, 습관, 취미 등은 물론이고, 선과 악의 기준 등 가치관도 결정된다. 또 질병과 특출한 능력 등 육체적인 특성들도 기본틀이 만들어진다. 또한 그가 속한 단체, 예를 들면 가정이나 마을, 나라 등이 겪는 상황들은 직접 자기의 이익과 직결된 것이 아니더라도 큰 영향을 끼친다. 개인이 어린 시절에 겪은 시대 상황 등은 평생을 따라다닌다.

해모수는 역사적인 사명을 갖고 태어나 온갖 고난을 극복하고 결국은 주어진 시대적인 역할을 완수했다. 그렇다면 당연히 후손들이 본받아야 할 모델이다. 그러니 해모수가 어린 시절을 어떻게 보냈는지는 중요한 문제다. 사실 우리는 그가 어린 시절을 어떻게 보냈는지 모른다. 짐작할 수 있는 정확하고 신뢰할 만한 단서도 거의 없다. 그래서 몇 개의 사실과 시대 상황, 그리고 그와 연관이 깊었던 고구려 역사의 일부를 근거로 추론할 수밖에 없다.

해모수가 태어나고, 어린 시절을 보낸 시대의 상황은 아주 격동적이었다. 당시로서는 세계 그 자체인 동아시아에서 중국 지역의 나라들, 북방 초원의 유목국가들, 크

고 작은 여러 개의 나라의 흥망성쇠가 반복되는 격동적
인 상황이었다. 기존의 국제질서가 전면적으로 개편되는
일종의 시대적인 '터닝 포인트', 'power shift' 되는 상황이
었다. 또 우리 민족에게는 한나라의 지배체제에서 벗어
나려는 독립전쟁이 일어나서, 독립군들이 여러 지역에서
활동하는 영웅들의 시대였다. 그래서 우선은 그러한 시
대 상황에서 그가 지녀야 하거나 양성해야 하는 성격과
능력들을 거론한다. 그리고 약간의 기록들을 근거로 찾
아본다.

　나는 광개토태왕을 좋아한다. 물론 누구나 그렇겠지만,
나는 정도가 심한 편이다. 더구나 고구려사를 전공한 역
사학자이기 때문에 여러 가지 관점에서 그를 분석했고,
연관된 논문과 책도 많다. 심지어는 그의 개성과 능력을
살펴보고, 그것을 모델, 리더십 또는 지도자로서의 자질
과 성격을 찾아본『생각의 지도를 넓혀라』라는 책도 썼다.
그때 나는 한국인, 또는 사회생활을 하는 인간들로서 광
개토태왕에게서 발견할 수 있는 바람직한 성격을 26가지

로 정의했었다. 그 가운데 하나가 본능의 야성과 학자의 지성, 여인의 감성을 골고루 갖추어야 한다는 점이다. 그런데 해모수는 치열한 시대 상황에서 태어났고, 부여의 대자연 속에서 성장했다. 당연히 힘과 용맹이 가득 찬 야성이 넘쳤을 것임에 틀림없다.

부여인들의 이러한 성격을 유추할 수 있는 대표적이고, 그 시대의 상황을 묘사한『삼국지』부여전에 이러한 글이 있다. "其人麤大, 性彊勇謹厚, 不寇鈔." 설명하면 이러하다. '부여 사람들은 크고, 성품이 강하고 용감하며, 근엄하고 덕이 두텁다. 그러므로 침략하거나 노략질하지 않는다.' 그런데 먼 훗날에도 거의 유사한 기록이 생겼다. 부여가 멸망할 때 유민들이 두막루국을 세웠다. 이 나라의 이름이 어떤 기록들에는 대막루(大莫婁), 대막로(大莫盧), 달말루(達末婁)라고도 쓰여 있다.

『위서』의 두막루전에는 "두막루국은 ~옛날의 북부여다('舊北夫餘也'). ~그 사람들은 키와 몸집이 크고, 성품이 강직하고 용맹하고 신중하고 중후하니 노략질을 하지 않는다."라고 기록되어 있다. 얼마나 멋진 평가인가? 우리를 결코 우호적으로 생각하지 않는 중국인들이 정사에서 부여인들을 이렇게 긍정적으로, 아니 높게 평가한 것이다. 실제로 중국 사서에서, 그것도 정사에서 주변의 이민족들을 이렇게 평가한 예는 아주 드물다.

그런데 부여인과 부여의 적장자임을 자처한 고구려인들은 성격이 같은 점도 있지만, 다른 점도 있는 것 같다. 왜냐하면 『양서』 등 중국인들의 문헌에는 고구려 사람들은 매우 용맹했으나 침략을 좋아한다고 기록되어 있다. 사실 고구려에 대해 위협감을 느끼는 심리를 표현한 것이지만, 부여는 고구려와는 약간 다른 성격을 지닌 것 같다.

나는 이렇게 해모수의 성격을 놓고 몇 가지 관점에서 추정해봤다. 결국 비전이었던 부여적 세계를 건설해가는 과정을 살펴보면 그는 기본적으로 야심이 컸다는 것을 알 수 있다. 이러한 사실을 부정하거나 변명할 필요는 없다. 부인인 유화를 취하는 과정, 장인인 하백과 싸움을 벌이면서 기지를 발휘하는 모습을 보면 그렇다. 하지만 동시에 그는 사건을 정확하게 판단하는 지성과 백성들을 돌보는 섬세하고 따뜻한 감성도 겸비했다. 또한 그는 섬세한 마음으로 금와를 시켜서 유화부인을 보살피게 만들고, 빛으로 다가와서 은밀하게 주몽을 잉태시켰다. 뿐만 아니라 새 나라를 건설해서 임금이 된 아들이 어려울 때는 다양한 방식으로 도움을 주었다. 결국 아들인 주몽이 분열되고 어지러운 난세를 해결하는 지도자로 큰 성공을 거두게 했다.

이제 다음 단계로 해모수에 대해서 꼭 알아야 할 내용들이 있다. 바로 교육이다.

3부

해모수의
성장과 생활

1. 해모수가 받은 교육들

해모수는 어떤 교육을 받으며 자랐을까? 그를 강한 인물, 나라의 지도자로 만든 교육은 무슨 내용이었을까? 당연히 부여의 젊은이들이 받았을 교육을 떠올리게 된다.

교육, 또는 교육과정 하면 왜인지 거창한 느낌이 든다. 하지만 '밥상머리 교육'처럼, 언제 어디서나 교육은 시행되었다. 고구려에는 '태학'(오늘날의 대학)이 있었다는 기록이 있다. 소수림왕 때인 372년에 세운 것이다. 아버지인 고국원왕은 요서 지역의 선비 계통인 모용씨가 세운 연나라와 계속 갈등하면서 심각한 국난을 당하기도 했다. 결국은 남부 전선에서 백제와 전투를 벌이다가 전사했다.

이러한 위기 상황에서 임금으로 즉위한 그는 당연히 특단의 조치가 필요했고, 그 가운데 하나로서 태학을 세운 것이다. 당연히 왕가나 귀족들의 자제들이 다니던 교육기관인데, 그 이전에도 분명히 있었을 것이다. 또한 평민의 아이들은 '경당'이라는 곳에서 교육을 받았다. 정치체제가 있었다면 그러한 교육기관이 당연히 있었을 것이다. 위만조선만 하더라도 분명히 '왕'을 칭하고, '상(相)'이라는 직책이 있었다. 부여 또한 왕을 칭했다. 그렇다면 부여는 당연히 교육기관을 만들어놓고 군사교육뿐만 아니라 나라를 다스리는 관리를 양성하는 데 필요한 여러 교육을 시행했을 것이다. 그렇다면 왕기(王器, 왕이 될 그릇)였던 해모수는 당연히 나라와 종족의 역사, 자기 집안의 역사와 뿌리 등을 배웠을 것이다.

역사 공부와 자의식의 회복

내 생각인지는 모르지만 그가 받았을 교육에 대해서 이

렇게 생각한다. 사실 당시 부여에 가장 시급한 문제는 '자존심 회복'이었을 것이다. 왜냐하면 조선이 한나라와 벌인 전쟁에서 패배하고 멸망했기 때문이다. 그 후유증에 대한 기록이 하나도 없어서 직접 경험해보지 않은 사람들은 실상을 파악하기가 힘들었을 것이다. 그러다 보니 패배나 망국에 대한 실감도 덜할뿐더러 나라를 되찾고자 하는 의식들도 부족했을 것이다. 그렇게된다면 위기 상황을 자각하고, 국권을 수복하거나 독립전쟁을 벌이기가 어렵다. 나는 해모수가 역사에 등장한 시기를 대략 기원전 70년 전후로 추정한다. 당시에는 곳곳에서 독립전쟁들이 일어나고, 먼저 세운 나라들 간에는 경쟁이 벌어지면서 통일전쟁을 추진하기도 했다.

그렇다면 해모수 등이 배워야 할 내용들 가운데에는 역사, 즉 조선의 역사를 배우는 것이 매우 현실적이었을 것이다. 우선 조선은 어떻게 멸망했을까? 조선의 영토는 어디까지였을까? 조선은 언제, 누가 세웠을까 등이다. 또 그 당시 그들을 위협했거나 할 소지가 많은 중국의 나라들, 초원에 있었던 유목민족들에 대해서도 하나하나 다 배우지 않았을까? 그리고 구체적이고 세부적으로는 전쟁에 관한 학습과 훈련도 치열하게 했을 것이다. 19세기 말 조선이 멸망할 무렵부터 만주로 망명한 독립군들은 신흥무관학교, 동창학교 등의 학교를 세우고, 그곳에서 군사훈련을 하고, 한편으로는 역사와 위인들에 대해서 공부했었다.

군사교육과 무기들

부여에서 어쩌면 가장 중요한 교육은 군사 지향적인 내용이 분명하다. 고대 국가들이 대부분 그러한 특성을 지닐 수밖에 없지만 유독 부여는 더더욱 그러한 성격을 지닐 수밖에 없었을 것이다. 부여는 한민족의 최전선에 있는 병풍이나 방벽 같은 존재였다. 서북 방향으로 흥안령만 넘으면, 초원의 유목민들이 틈날 때마다 침략할 태세를 갖추고 있었다. 또 서남 방향으로는 중국의 북쪽을 점령하거나 국가를 세운 세력들이 영토를 넘보거나 복속할 것을 요구했다. 물론 남쪽에는 강력한 고구려가 있었다.

그러므로 항상 전시 태세를 취해야 했다. 성인 남자들은 모두가 군사였으며, 여자들 또한 전투가 벌어지면 보조원으로 생명을 내걸고 참여해야만 했다. 당연히 사회는 전투 중심 체제로 편성되어야 했고, 교육의 주된 내용도 전투력을 향상하는 것을 가장 우선으로 해야 했다. 군사교육이 필수 과목이었을 것이다.

물론 다른 부분들처럼 부여의 군사교육 시스템을 알 수 있는 구체적인 기록은 없다. 따라서 고구려의 예를 들어가면서 유추할 수밖에 없다. 만주 국내성의 동쪽 뜰에 있는 춤 무덤(무용총) 벽화에 그려진 것처럼, 그들은 날랜 말을 타고 산과 들을 달리면서 활로 사슴, 호랑이 등을 쏘아 잡는 경쟁을 벌였다. 매년 3월 3일에는 평양성 근처의 낙랑 언덕에서 제천 행사를 겸하여 사냥대회를 개최했는데, 그 경기에서 나라의 리더가 될 만한 재목을 선발했다. 그 행사에서 발굴된 인재 가운데 한 명이 고구려를 위기에서 구해낸 온달 대장군이다. 을지문덕 장군도 가계가 분명하지 않은 것을 보면 이런 행사에서 선발된 평민 출신이었을 것으로 추정된다.

고구려인들은 싸움을 좋아한다는 내용이 기록에 남아 있다. 『삼국지』보다는 조금 늦게 쓰인 『후한서』에서는 "고구려 사람들은 성질이 흉악하고 급하며 기력이 있어서 싸움을 잘하고 약탈을 좋아한다(其人性凶急有氣力 習戰鬪 好寇鈔)"라고 혹평했다. 고구려가 전투를 얼마나 중요시했는가를 알 수 있다. 하지만 기록들을 보면 부여인들은 싸움을 잘했지만, 평화도 사랑하는 사람들이었다는 것을 알 수 있다. 『후한서』에는 "그 나라 사람들은 체격이 크고, 성질이 거칠고 용맹스러우며, 근실하고 인후해서 다른 나라를 쳐들어가거나 노략질하지 않는다."라고 기록되어 있다. 실제로 부여는 전기를 넘어가면 전투력이 약해서인지 고구려를 비롯해 주변의 종족들에게 압박을 많이 당했다.

구체적으로 해모수가 받았을 군사교육의 내용들을 살펴보자.

첫째는 말타기다.

『삼국지』「부여전」에는 "그 나라는 소를 잘 사육하고 명마가 나온다."(一其國善養牲 出名馬云云)라는 내용이 있을 정도로 부여는 명마의 산지였다. 이 기막힌 부여마가 탐난 고구려인들은 신마(神馬)라는 최상의 명칭으로 불렀고 대무신왕(大武神王) 때는 잃어버렸던 신마가 부여마 1백 필을 몰고 왔다. 고구려는 이 말을 구하기 위해서 부여를 공격하곤 하였다. 그 후로도 부여 지역을 장악한 나라들은 한결같이 기마문화가 발달하였고, 기마군단을 활용하여 국력을 급신장시켰으며, 말을 무역의 중요한 물자로 삼았다.

나는 1995년도에 고구려 기마문화를 체험하고, 주몽의 남진 루트를 답사했는데, 출발지는 부여 영토인 대안이었다. 북만주가 만나는 지역인 대안과 농안 일대는 부여의 원거주지일 가능성이 높았고, 그 사실을 입증할 고고학적인 유물도 많이 발견된 지역이다. 사실 처음에는 말을 사기 위해 야심차게 동몽골 지역으로 갔지만 결국은 사지 못했다. 그래서 출발지이자 부여의 핵심부인 길림성 북부의 소도시인 대안으로 갔다. 그때만 해도 그 지역에서는 말을 많이 사육하고, 주민들은 진흙으로 만든 집에서

양과 말을 키우며 살고 있었다.

『후한서』에는 부여인들이 가축을 얼마나 소중하게 여겼는가를 알려주는 기록이 있다. "부여인들은 활과 화살, 칼, 창 같은 것으로 병기를 삼고, 여섯 가축으로 벼슬 이름을 지으니, 마가(馬加), 우가(牛加), 구가(狗加) 등이 있으며, 읍락은 모두 여러 가(加)에 소속되어 있다." 이 가운데 마가는 말들을 사육하고, 나라에 공급하였으므로 전투력이 강력했을 것이다. 북부여를 계승한 두막루의 군장(君長)도 여섯 가축의 이름으로 관직명을 삼는다는 기록이 있다. 그만큼 부여인들은 다양한 말들을 사육하고, 나라에 공급하였으며, 말 산업을 토대로 한 경제력 또한 만만치 않았을 것이다. 심지어는 부인이 투기를 한 것 때문에 죽으면 친정집에서 소와 말을 바쳐야 시체를 내어줄 정도였다.

당연히 부여에서 출발한 고구려는 말과 관련이 깊었다. '善射者(활을 잘 쏘는 사람)'라는 의미를 지닌 주몽은 집안에 있는 마조총에 그려진 벽화처럼 마굿간에서 말을 길렀던 목동이었고, 무용총을 비롯한 몇몇 고분벽화에서 볼 수 있듯이 말을 타고 사냥을 했던 기마민이었다. 그는 소수의 기마병단을 데리고 부여를 탈출하였다. 그런데 길림 지역의 남쪽은 초원이 없고 산골 지역이라서 말을 사육하고, 훈련할만 한 공간이 없었다. 토착 세력들에게는 당연히 기마군단이 있을 까닭이 없었다. 주몽은 기마군단이 지닌 무력을 잘 활용하여 토착 세력인 홀본부여를 비교적 쉽게 굴복시키고 마침내 새 나라를 건국하는 데 성공하였다.

이러한 부여인이라면 해모수는 친구들과 함께 말을 타고 여러 지역을 돌아다니고, 끝없는 초원을 달리지 않았을까? 홍안령 산맥의 산들, 눈강을 비롯한 강들, 초원들을. 북부여로 추정되는 대안 일대에서 초원이나 송화강을 거슬러 내려오면 장춘, 길림, 유화를 거쳐 압록강까지 닿는다. 북서로 지평선을 바라보며 달리면 거란족의 군사기지인 '영(營)'들을 통과할 수도 있다.

만약 나라면?

말타기를 배운 적인 없는 나를 만주까지 불러들였고, 겁도 없이 중국 땅에서 공안들의 눈을 피해 말을 타게 만든 힘과 동기는 무엇일까? 그때 자주 떠올리며 마음을 다잡았던 생각은 이런 것이었다. '해모수라면, 주몽이라면 어떤 심정이었을까?'

어쩌면, 젊은 해모수라면 대흥안령을 넘어 1,000km가 넘는 몽골의 대초원까지도 달려갔을지도 모른다.

신화를 보면 끝모를 맑고 파랑색으로 가득 찬 남만주의 하늘에서 하양 깃털로 감싼 100여 마리의 고니떼들이 천천히 내려온다. 수백 마리가 떼를 지어 마치 화살촉이나 창끝 같은 모양으로 편대처럼 비행하는 모습이 상상된다. 한 마리마다 머리 위에는 마치 스키타이 전사들이 쓴 모자처럼 끝이 뾰족한 모자를 쓴 선인들이 타고 있다. 그들은 긴 피리들을 비롯해서 북이나 비파 같은 여러 종류의 악기들을 갖고 연주하며, 칼처럼 신령스러운 하늘의 물건들을 목에 걸거나 팔목에 차고 있었을 것이다. 해모수는 친구나 부하들을 거느리고 만주벌판을 달리고, 몽골 초원까지도 달려갔을지 모른다.

둘째로 무기를 능숙하게 다루는 기술교육이 있다.

고구려 고분들에 그려진 벽화들을 보면 유명한 맥궁을 당기는 젊은 용사의 모습, 끝이 뾰족하고 꼬다리가 달린 창과 칼잡이가 둥근 환도, 도끼 같은 무기들, 격렬한 전투도, 공성도 등과 무사들의 모습, 마사희, 택견 등을 비롯하여 행렬도·나들이도 등의 생활 그림들이 있다. 그 가운데에서 고구려인들에게 가장 중요한 것은 활쏘기 훈련이었다. 부여인들에게는 말할 것도 없다.

유목민족들의 활과 농경민들의 활, 수렵민들의 활, 어렵민들의 활은 크기, 활대를 묶는 방식, 활의 재료, 화살촉의 형태와 기능이 다르다. 지금 우리가 영화나 박물관에서 보는 것과는 다르다. 난 고구려 성터에서 독특한 형태의 화살을 직접 주운 적도 있고, 만주 지역의 박물관에서도 우리 것과는 다른 화살촉을 많이 보았다. 조선의 활과 고구려나 부여의 활이 같을 수는 없다. 질적으로 차이가 크다.

우리 민족은 원래 활을 잘 쏘았다. 동아시아 고대문화의 주역이면서 우리와 문화적으로 종족적으로 가까운 동이(東夷)의 '이(夷)'라는 글자는 큰활을 뜻하기도 한다. 물론 '이(夷)'라는 글자는 기원전 17세기쯤에야 처음 나타난다. 따라서 현재까지 발굴한 결과로는 아직 서북방의 초원에서 유목민들이 본격적으로 밀려들기 전이다. 하지만 최근에 태원 등 몽골과 가까운 시마오 유적 등에서 유목민족들과 연관된 유물들이 발견됐다. 그래서 어쩌면 활, 스키타이인들이 사용했던 활들이 더 일찍부터 사용됐을 가능성이 높다. 마찬가지로 부여나 고구려 등 예맥의 활은 말 타고 달리면서 쏘는 활이므로 구조가 다르다. 따라서 고도의 특별한 훈련이 필요하다.

『삼국지』에는 "고구려에서 우수한 활이 나오는데 이것을 맥궁이라고 부른다"라고 기록되어 있다. 이외에도 호궁(好弓) 각궁(角弓) 단궁(檀弓) 등의 이름으로 불리운 최고의 활이다. 부여인이면서 고구려를 세운 주몽은 당연히 신궁이었다. 왜냐하면『삼국사기』에 부여의 속어로서 '주몽은 활을 잘 쏘는 사람'이라는 뜻으로 기록된(扶餘俗語 善射爲朱蒙故以名云…) 신궁이었다.

그가 부여를 떠나 도망치다가 추격군을 따돌릴 때도 강물에 활을 쏘자 물고기와 자라 등 물고기들이 물 위로 떠

올랐다(『후한서』). 해모수의 손자인 유리왕 또한 활 솜씨
가 뛰어난 신궁이었다. 그는 어릴 적에 길거리에서 놀다
가 참새를 쏜다는 것이 잘못하여 물을 긷는 부인의 항아
리를 깨뜨렸다. 부인이 유리왕에게 "이 아이가 아비가 없
어서 이처럼 고약하구나"라고 꾸짖었다는 기록이 있다.
물론 유리왕의 아들인 해명태자 또한 기력이 센 데다가
유명한 신궁이었다.

셋째로 칼 쓰기 훈련이 있다.

다음은 이규보가 쓴 「동명왕 편」에 기록된 해모수가 하
늘에서 내려오는 장면이다. "~ 웅심산에 머물다가 십여
일이 지나 비로소 내려오는데 머리에는 오우관을 쓰고 허
리에는 용광검을 차고 있었다(止熊心山, 經十餘日始下,
首戴烏羽之冠, 腰帶龍光之劍.)."

'용광검'

꿈틀거리는 용의 모양 또는 장엄하고 위풍당당한 용 그
림이 새겨지고, 빛이 번쩍거리는 칼이란 뜻이다. 나는 우
선 고조선인들이 만든 신검을 떠올린다. 비파 모양처럼

생겨서 '비파형 동검'이라는 명칭이 붙었다. '고조선식 동검', '요녕식 동검' 같은 이름도 사용하지만 보통은 비파형 동검이라는 말을 사용한다. 이름만 보아도 얼마나 유려하고 신비한 형태인가를 잠작할 수 있기 때문이다. 현재는 가장 오래된 것이 기원전 14세기에 사용되던 것이다. 앞으로 더 오래전에 만들어진 칼이 발견될 가능성은 크다. 이 비파형 동검이 부여인들의 1차 거주지, 해모수가 활동했던 지역인 눈강 하류인 백금보 지역에서도 발견되었다. 당연히 부여인들의 칼은 이러한 고조선 신검의 전통을 계승했을 것이다.

해모수는 인간세계에서 어떤 일을 수행하려는 목적 때문에 하강한 천제다. 어떤 기록은 천제자 즉 천제의 아들로도 표현했다. 천제라 해도 새로운 공간으로 이동하면서 자기 위치를 재설정하려면 필요한 자격을 갖춰야 했고, 그것을 증명할 수 있는 징표나 도구가 필요했다. 단군신화에서도 환웅이 하강할 때 아버지인 환인은 아들에게 정통성을 부여한다. '천부인 3개'다. 일본의 건국 신화에서도 천손이 하강할 때 3종 신기를 갖고 온다는 내용이 있다.

그렇다면 해모수가 갖고 내려온 세 가지 신물이 과연 무엇일까? 나는 오우관, 즉 머리에 쓴 새깃 또는 까마귀 깃털로 만든 관이다. 둘째는 '오룡거'라고 추정한다. 그리고 셋째는 의심할 여지가 없이 용광검이다. 칼이 신물임은 이론의 여지가 없다. '힘(power)'을 상징하는 무기이면서, 최고의 기술력을 상징하며, 때로는 무당이나 제사장의 신물 역할을 했다. 또 어떤 문화권에서는 '질서(order)'를 의미했다. 아들인 주몽도 훗날 자신을 찾아올 아들을 위해 징표인 신검을 숨겨두었을 정도였다. 그런데 해모수는 용들이 끄는 오룡거를 타고 처음으로 나타난다. 때론 용의 모습으로 나타난다. 주몽도 마찬가지다. 그렇게 용과 연관이 깊다면 용광검은 부여에 이어 고구려까지도 신물이었을 가능성이 크다.

이렇게 만들어진 부여의 칼은 고구려로 계승되었을 것이다. 고구려의 고분벽화에는 칼이 많다. 허리에 차는 1m 남짓한 긴 칼, 30cm 정도의 짧은 칼을 비롯하여 단도에 해당하는 칼도 있었다. 환도대도는 칼자루의 끝을 둥근 고리처럼 만든 긴 칼인데, 금으로 용과 봉황 등의 장식을 정교하고 화려하게 장식하였다. 사내들은 왼쪽에는 숫돌을 차고 오른쪽에는 오자도(길이가 다섯 치인 단도)를 찼다는 기록들이 남아 있다. 주몽은 동부여를 탈출하면서 부인에게 후에 자식이 자기를 찾아올 때 징표로서 가져오라면서 부러진 단검을 일곱 모서리의 나무 기둥 밑에 숨겨두었다. 그만큼 칼은 고구려인들에게 분신처럼 소중한 것이었다. 그들은 창도 능숙하게 사용했다. 뾰족한 창, 넓은 창, 두 갈래로 갈라진 창 등 용도에 맞춰 각각 다르게 제작하였다. 심실총의 벽화에는 개마무사들이 말 위에서 장창을 휘두르는 장면이 묘사되어 있다. 반대로 보병들이 기병을 말에서 끌어내리기 위해서 제작한 긴 갈고리창도 있었다. 부여도 마찬가지였을 것이다.

넷째로 달리기 훈련이 있다. 부여인들은 평지와 초원이 있으면서도 험한 산들이 있는 독특한 자연환경 속에서 살았다. 당연히 말 타는 문화가 발달했지만, 달리기 문화도 발달할 수밖에 없었다. 고구려 덕흥리 고분이나 안악 3

호분의 벽화처럼 전투에는 기병과 함께 보병이 동원되었다. 실제로 보병이 발달했다. 광개토태왕도 400년에 신라를 구원하려고 남으로 진격할 때 보기 5만, 즉 보병을 주력으로 하고 기병을 동원한 것이다. 또 고구려인들은 산성을 기가 막히게 쌓은 사람들이다. 이러한 자연환경과 전투 여건하에서 승리하려면 걷기가 중요하므로, 군인들에게 걷기 훈련은 필수적인 교과목이다. 『삼국지』 위지에는 "고구려인들은 걸어다니는 것이 다 달리는 것 같다(行步皆走)"라고 묘사되어 있다. 또 『수서』에는 "손을 흔들고 걸어간다"라는 표현이 있다.

그렇다면 부여인들 역시 걷기를 잘했을 것이다. 부여의 영역은 생태환경이 고구려보다 더 복잡하다. 난 북만주, 흑룡강 상류와 중류의 대부분, 동만주였던 연해주 일대 등 부여의 영역을 거의 다 답사했다. 『삼국지』의 기록처럼 산과 평원, 초원과 강들이 골고루 발달했다. 물론 현재까지 중만주에서는 큰 산성들이 발견되지 않았지만 발견될 가능성은 크다. 나는 1995년도에 농안에서 무너진 채 남은 부여성을 답사한 적이 있었다. 근래에 들어서 두막루의 핵심 지역이었던 삼강평원에서 큰 성의 터들이 발견되었다.

그 밖에도 부여인들은 군사 훈련들을 많이 했을 것이다. 해모수는 이러한 훈련들은 더 본격적으로 받았을 것이므로 전투력이 매우 뛰어난 젊은 군주였을 것이다.

하지만 뭔가 부족한 느낌이 든다.

해모수가 받은 교육이 이 정도 수준에 그쳤다면, 아무리 타고난 능력이 출중하다 해도 그토록 뛰어난 인물이 될 수는 없었을 것이다. 나는 '뭔가 더 독특하고 강도 높은 학습과정을 거치지 않았을까?'라고 상상해 본다. 이는 논리적으로도 당연한 생각일 것이다. 또한 나의 바람이기도 하다.

그래서 다섯째로 정신 수련을 들고 싶다.

나는 해모수가 어떤 신적인 능력을 지녔다고 본다. 물론 그의 존재와 행위를 알려주는 기록들이 신화체인 탓도 있지만, 확실히 그는 신비한 능력을 갖춘 존재다. 하늘에서 '오룡거'라는 상상할 수 없는 신비로움과 막강한 무장력을 갖춘 수레를 타고 내려왔다. 신령스러운 산의 꼭대기에 꽉 차 있는 연못(천지, 웅심연)에서 거닐고 있는 유화부인을 유혹했다. 뿐만 아니라 그녀를 쟁취할 목적으로 지상에서 강력한 힘을 가진 수신인 하백과 경쟁을 한 끝에 승리했다. 그는 하늘로 혼자만 돌아가서 결과적으로 유화를 미혼모로 만들었다. 하지만 그녀를 은밀하게 도와 결국은 빛으로 나타나 주몽을 잉태하게 했다.

젊은 날의 그는 윤리적으로는 문제가 있었지만 매우 모험심이 많고 역동적인 사람이었다. 인간이 산술적으로 계산하거나 평가할 수 없는 능력을 소유해서 특별한 상황이 닥치면 엄청난 능력을 발휘했다. 하지만 이런 능력 역시 평소부터 해온 부단한 연습의 결과이다. 잠재의식이라는 커다란 바다에 평소부터 많은 지식과 정보, 경험을 쌓았기 때문에 가능한 일이다.

그래서 나는 어떤 역사책에도 기록이 없지만 그가 소위 정신 수련을 했다고 본다. 바이칼호의 중간쯤에는 알혼(Olkhon)섬이 있다. 그 안에는 '불한바위'라고 불리는 흰색의 샤먼바위와 자그마한 동굴이 있다. 알혼섬 자체도 신령스러운 장소이지만 불한바위는 말 그대로 빛의 바위로서 모든 사람의 성지였고, 수행자들의 고향이었다. 여러 가지 신비로운 이야기가 전해져 온다. 그 가운데 하나는 징기스칸이 때때로 방문해서 명상을 하였으며, 죽은 시신도 이 섬에 묻혀 있다는 설화다. 당연한 일이다. 그러한 정신적인 학습과 수련을 하지 않으면 큰일을 도모할 수가 없다.

우리 신화에서도 주목해야 할 내용들이 있다. 단군신화에 등장하는 환인, 환웅, 범, 곰, 단군 등은 모두 하늘, 빛과 연관된 신적인 존재다. 웅과 호가 동굴 속에 들어가 100일 동안 빛을 보지 않고 한 동굴(一熊一虎 同穴而居 不見日光百日)에서 쑥과 마늘(一艾二十蒜)을 먹은 것은 일종의 수행이었다. 그리고 마지막에 단군은 자기 할 일을 다 끝낸 다음에 산신이 되었다. 신라에서는 화랑들이 무리를 지어 산과 들을 달리면서 다양한 체험을 했다(명산대천 유오산수). 김유신은 화랑의 낭도 시절에 심산유곡으로 들어가 굴 속에서 선인을 만나고 비서를 얻어 수련하는 등 독특한 체험을 한 후에 특별한 능력을 지니게 되었고, 그 힘을 바탕으로 통일을 이룩할 수 있었다.

고구려에는 선도의 맥을 이은 수련법이 존재하고 있었고, 신채호가 얘기한 것처럼 조의들은 특별한 선도 수련을 했을 것이다. 을지문덕과 연개소문도 선도를 수련했다는 선가의 비전이 전해온다.

그렇다면 원형인 부여에도 그와 유사한 수련법이 있지 않았을까? 해모수는 어릴 때부터 특별한 수련을 통해 낯선 곳, 전혀 모르는 환경에 적응하는 방법을 배웠을 것이다. 그가 경험한 특별한 수련은 무엇일까? 단전호흡, 단식 등 우리 민족 고유의 특별 수련으로 통찰력을 키우는 훈련도 받았을 것이다. 일종의 신선도일 수도 있다. 학문과 함께 종교, 철학을 비롯해 세상을 생각하는 법까지 자연스레 접하는 것이었다.

나는 그가 정신 수행을 하는 광경을 떠올린다. 그리고 '부여와 고구려의 영토에 남은 고인돌에 무슨 의미가 있지 않을까?'라는 생각을 한다. 거대한 크기와 함께 독특한 형태에다 기하학적인 비례에 맞춘 직육면체가 아니고 자연석에 가까운 불규칙적인 입체다. 그래도 정형화된 형태가 있다. 내가 느끼기에는 '생기(生氣)'가 가득 차 있다. 돌이 지닌 영원성도 의미를 담고 있다.

얼마나 장엄한가?

고인돌들을 보았을 젊은 해모수를 상상하고, 또 그에게 끼친 영향을, 특히 기질에 어떤 영향을 주었을까를 떠올린다. 내가 느끼는 여러 가지 감동을 그도 또한 느꼈을 것이 분명하다. 아니 오히려 그는 나보다 더욱 강렬한 감정을 느꼈을 가능성이 크다. 들판을 바라다보는 언덕 위, 강가, 초원의 한가운데에 홀로 때로는 몇 개가 어울려서 서 있다. 더구나 그때까지도 일부 지역에서는 고인돌을 만들고 있었다.

그는 역동적으로 움직였고, 여러 지역으로 여행을 다니거나 사냥을 다녔을 것이다. 끊임없는 훈련이 그를 단련시켰고 우리 역사상 가장 위대한 임금 가운데 한 분을 만들어내는 기틀이 되었을 것이다.

이제는 다음 단계로 해모수 또는 그 시대의 청년들이 구체적으로 어떤 생활을 했는지를 살펴본다.

2. 부여인들의 독특한 생활문화

해모수는 젊은 날에 어떠한 생활을 했을까?

식품

해모수뿐만 아니라 젊은 부여인들은 어떤 음식을 먹고 살았을까?

생명의 근원은 먹는 데서 시작한다. 음식은 문화를 넘어 생존이고, 생활이다. 물리적인 개체의 형태와 구조, 정신적인 성격과 가치관에도 영향을 끼친다. 그러므로 가족을 비롯해 모든 사회는 '생존 공동체'이면서 '음식 공동체'다.

부여의 영토이자 신석기시대 유적지인 요녕성의 심양 시내의 신락 유적에서 콩의 화분이 발견되었다. 두막루와 발해의 수도권이었던 흑룡강성의 영안현, 길림성의 연길현에서 발견된 큰 콩(대두)은 약 3,000년 전의 것으로 추정된다. 이러한 콩을 발효시켜 메주(豉)를 담그고 된장을 만들었을 것은 당연한 일이다. 덕흥리 벽화고분의 묘주인 진(鎭)은 묵서명에 "…아침에 먹을 감고(監鼓)를 한 창고분이나 두었다."라고 기록하였다. 사실 고구려인들은 발효식을 좋아했다. 『삼국지』「위지 동이전」에는 고구려인들이 장양(醬釀), 즉 장을 잘 담글 수 있었다고 기록되어 있다. 최고의 기술인 발효 기술을 습득하고 있었던 것이다. 된장은 모든 삼국 사람이 좋아했다. 부여에서도 당연히 먹었을 것이다. 즉 발효문화가 발달한 것이다. 훗날 일본으로 건너가 청국장으로 전해졌다.

부여는 가축들을 통째로 구워먹는 바비큐 요리나 연기에 훈제한 베이컨도 만들어 먹었다. 말, 소, 돼지 등 가축을 기르는 축산업도 발달하였기 때문이다. 고구려는 분명한 증거들이 있다. 안악 3호분에는 창고 한쪽에 큰 고깃덩어리를 매달아 놓은 그림이 있다. 그 밑에서 불을 피우는 장면이 나온다. 일종의 베이컨을 만드는 것이다. 나는 또 부여인들, 고구려인들이 요구르트를 마셨다고 생각한다. 이는 너무나 당연한 일이다. 요구르트를 주식으로 하는 사람들이 부여나 고구려로 들어왔고, 또 부여인들과 고구려인들은 그들과 끊임없이 무역을 했으니 분명히 요구르트를 마셨을 것이다. 또 하나가 있다. 제사상에 올리는 적(炙)이다. 넓적하게 썬 쇠고기를 갖은 양념을 해서 불에 구운 불고기의 일종이다. 맥적은 고구려 적, 즉 고기구이라는 뜻이다. 즉 우리의 특산품이었던 것이다. 반면에 유목민족들에게는 쇠꼬챙이에 고기를 꿰어 돌리며 굽는 꼬치구이가 있었다.

의복과 모자

'의식주'라고 말할 정도로 어떤 의미에서는 음식보다 더 중요한 것이 옷이다. 인간만이 유일하게 옷을 입는다. 옷을 입으면서부터 흔히 말하는 문화가 시작됐다는 주장도 많다. 옷은 종족과 민족을 구별하는 중요한 지표다. 내부에서 신분과 계급을 나타내는 지표이기도 하다. 그러므로 특히 지배계급들에게는 의복이 중요하다. 부여인들은 어떤 종류의 옷을 입었을까? 임금인 해모수는 어떤 옷을 입었을까?

일단 부여인들이 즐겨입은 옷의 성격을 살펴보자. 『삼국지』의 오환·선비전에는 부여의 의복 풍습을 이렇게 전했다. "나라에서 백색의 옷을 숭상하고 상중에는 남녀가 모두 흰옷을 입었다(居喪, 男女皆純白)." 또 "흰옷을 숭상하여 흰 삼베(白布)로 만든 소매가 큰 포와 바지를 입고 가죽신을 신었다."라고 했다.

우선 흰색을 숭상했다는 표현을 주목할만하다. 삼베라는 재질의 특성도 있고, 이유는 분명하지 않지만, 해와 연관되기 때문에 더 좋아했을 수도 있다. 우리는 흰색에 대한 집착이 강하다. 심지어는 조선 또는 한국 미학의 정형을 만들어 조선의 지식인들에게 확실히 심어준 일본의 유명한 미학자인 야나기 무네요시(柳宗悅)는 조선의 미를 백색으로 규정했다. 물론 그의 흰색은 슬픔과 한의 색이다. 나는 흰색이야말로 완성과 강함을 나타낸다고 믿는다. 우리는 근대의 슬픈 역사이기 때문이기도 하지만 평화를 사랑하는 백의민족이라고 자위하기도 했다. 참 어처구니없는 일들이었는데, 문제는 아직도 이런 인식과 태도가 남아 있다는 점이다.

부여인들이 확실히 삼베옷을 입었다는 증거는 많이 있다. 주몽이 나라를 세우는 과정에서도 나타난다. 그는 동부여를 탈출해서 다급하게 홀본부여로 가다가 보술수라는 곳에 이르러 자신을 도와줄 세 사람을 만났다. 그런데 한 사람은 삼베옷을 입었고, 한 사람은 여러 헝겊을 기워 만든 옷을 입었으며, 한 사람은 마름 옷을 입고 있었다고 기록했다. 『태평어보』 등에 나오는 이야기다. 의도적으로 그런 표현을 집어넣은 건지는 모르지만 아무튼 부여나 고구려에서는 삼베옷이 일상적이었고, 우리 민족은 대부분 삼베옷들을 입었다. (동)에 또는 예맥의 풍습을 써놓은 『삼국지』에는 삼베가 산출되며 누에를 쳐서 옷감을 만든다고 쓰여 있다. 조금 늦게 쓰인 『후한서』에도 마(麻)를 심

178

고 누에를 기르며 길쌈을 할 줄 안다는 내용이 나와 있다. 비슷한 기록이 『태평어보』에 있다. 즉 '마(麻)와 포(布)가 있으며, 누에를 쳐서 옷감을 만들고 음식 먹을 때 역시 조두를 사용한다.'이다. 그러니까 고구려도 마찬가지였지만 우리 민족은 대부분 삼베를 일상적으로 사용했다. 비단은 귀한 것이므로 권력을 가진 관리, 부유한 농민이나 상인들이 사용했을 것이다.

그런데 놀라운 사실이 있다. 부여의 핵심 영토였고, 고구려에서도 중요한 지역이 현재 남만주인 길림시 일대다. 중국인들이 길림을 표현하는 단어가 몇 가지 있는데 그 가운데 하나가 '천잠 문화권'이라는 용어다. 가장 좋은 '양잠 문화권', 즉 비단이 생산된다는 뜻이다. 한국인들은 비단 하면 중국이나 실크로드만 떠올리지 정작 부여나 고구려가 뛰어난 양잠 기술을 가진 것은 모른다. 몇 년 전에 『고조선 문명권과 해륙 활동』이란 책에서 중국 학자들의 논문을 인용해 소개한 적이 있다.

아마도 해모수는 이런 비단 옷을 입었을 가능성이 많다. 더구나 나이가 들어 천제라고 불릴 정도였을 때는 당연히 다양한 비단옷들을 입었을 것이다. 거기다가 고급 귀금속들로 장식했을 것이다. 왜냐하면『삼국지』위서의 부여전에는 부여의 귀족층들이 금, 은으로 모자와 옷을 장식하였다고 기록되어 있기 때문이다. 실제로 부여 지역에는 금이 많았기 때문이다. 부여가 얼마나 금이 풍부했을까를 조사한 적이 있었다.『고광록』이라는 책이 있는데, 실은 그 책을 보지는 못했다. 북한에서 나온 논문을 보고 알았기 때문이다. 그 책에는 부여가 차지했던 지역인 마의하, 고동하, 그리고 훈춘(금현), 영고탑, 삼성(의란현) 등에서 금이 나온다고 기록되어 있다. 실제로 송화강의 중류와 상류 연안과 그 지류의 작은 강 연안들에는 지금도 사금 광산들이 있었다.

금을 좋아하기는 고구려도 마찬가지였다. 금은 귀하고, 사치품에 사용되었으며, 여러모로 부가가치가 크기 때문에 어느 민족이나 다 좋아했다. 그런데 유독 좋아하는 집단이나 종족들이 있었다. 말 타고 초원을 이동하는 유목 집단들이다. 우선 금은 부가가치가 매우 높지만, 운반하고 저장하는 데도 편리하다. 금을 보유하는 것은 아주 편

리한 자산 보관 방식이다. 그뿐만이 아닌 것 같다. 유목
민족들의 신앙과도 연관된다고 한다. 금은 태양을 상징
하기 때문이다.

알타이산맥이 있는 지역이 알타이 지역이다. 일단 폰
틱 카스피 초원을 벗어나 동쪽으로 가 중앙아시아의 초원
지대가 있다. 그다음에는 몽골 초원에 이르는데, 그 중간
에 있는 곳이 알타이산맥이고, 그 산맥 언저리에는 초원
이 발달했다. 주민이 많이 거주하고 있기에 군사적으로
힘을 모을 수 있고, 정치적으로 성장하기에도 좋은 곳이
다. 그 알타이라는 말 자체가 몽골어로서 금산, 즉 황금산
이라는 뜻을 지녔다.

유목민들은 황금을 무척 좋아했다. 특히 흑해의 북쪽
해안인 우크라이나 초원에서 성장한 그 유명한 스키타이
인들은 광적으로 좋아했다. 그들이 주문해서 흑해 주변
의 폴리스에 살고 있었던 그리스인들이 만든 다양한 황
금 제품들은 인류의 보물일 정도로 뛰어난 예술품들이
다. 그들은 무덤에 많은 황금 제품을 묻었으며, 시신을 황
금으로 장식했다. 파지릭크 고분군에서도 발견되었지만

카자흐스탄의 이식고분군에서 발견된 시신은 황금인간 이라고 명명될 정도로 온몸을 황금으로 장식했다. 그런 데 그 의복과 모자, 칼등의 장식품 등은 평상시에도 사용 했을 것으로 추정된다. 박물관에 여러 번 가서 봤었다. 물 론 알타이에 갔을 때도 무덤에 매장된 얼음공주와 말들에 황금 장식품들을 달려 있는 것을 보았다. 이러한 풍습은 부여, 고구려를 거쳐 신라에 전해졌는데, 경주 대릉원에 있는 5~6세기 고분들의 금관과 금 장식품을 통해서 그 흔 적을 찾아볼 수 있다.

해모수는 당연히 화려한 금장식을 한 금관과 옷들을 입 었을 것이다. 북한에 갔을 때 평양 근처 동명왕릉에 만든 전시실에서 마치 신라 금관과 같은 면류관을 쓴 해모수의 초상화를 보았는데, 이는 고구려와 다른 형태였다. 그렇 다면 해모수는 고구려와 같은 계열의 왕관을 썼다고 보 는 것이 옳다.

부여에서는 은도 마찬가지로 많이 생산되었다. 『성경 통지(盛京通志)』에는 "옛날 동부여땅에 속해 있던 연길 근방의 천보산 일대에서 은이 난다. 오라(연길 북쪽 60리지점의 송화강 동쪽)에서는 은을 돈으로 널리 이용하였다."라는 기록이 있다. 이후 고구려가 전성기였던 장수왕 때에 북위에 금과 은을 보냈다. 『위서』 고구려전에는 장수왕이 북위에게 한 번에 황금 이백 근, 백은 사백 근을 보냈으며, 고조 때는 전보다 두 배로 보내서 답례품이 증가했다고 기록되어 있다. 그러니까 엄청난 규모의 금과 은을 수출한 것이다. 그 얼마 후에 손자인 문자왕은 북위에 사신을 보내서 가(珂, 옥종류)는 섭라(제주도 추정)에서, 금은 부여에서 구했는데, 현재는 사정이 어려워져 구할 수 없다고 했다. 그렇다면 부여 역시 초기부터 붕괴할 때까지 금과 은을 활발하게 생산했을 가능성이 크다.

부여인들은 의복에 옥 제품도 많이 달았을 것이다. 옥은 동아시아 세계에서는 금과 마찬가지로 아주 귀한 보석으로 여겼다. 중국인들은 특히 옥을 좋아한다. 그런데 요서 지역에서 발전한 신석기문화인 홍산문화에서 뛰어난 미의식과 기술력으로 제작한 옥 제품들이 수도 없이 나왔다. 이 옥은 부여나 고구려와 연관된 요동 지역인 수암에서 생산한 것이다. 길림 지방에서 발견된 청동기 시대의 돌상자 무덤에서 '백석관'이라는 토막구슬이 나왔다. 연옥으로 만들어진 것이었다. 그러니까 부여 지역에서는 청동기시대부터 연옥을 채취한 것이다.『삼국지』동이전,『후한서』동이전에는 부여에서 붉은 옥(赤玉)이 난다고 각각 기록되어 있는데, 적옥은 루비 계통의 보석이다. 당연히 부여는 홍옥이나 마노 자수정과 같은 보석 광물들을 채취하여 여러 가지 구슬과 세공품을 만들었다. 기록에 따르면 큰구슬(大珠)의 크기는 대추(酸棗)만 했다고 한다.

숙신계 종족이면서 부여와 가까운 지역인 읍루에서도 붉은 옥(赤玉)이 생산되었는데『후한서』의 기록을 보면 한(漢)나라시대 이후로 부여에 복속했다고 나와 있다. 그러면 읍루의 풍습도 당연히 부여의 한 부분이었을 것이다.

부여인들은 값비싼 모피옷도 입었다. 만주와 한반도는 생태환경이 조금 다르고, 남만주와 서만주는 북만주, 동만주와 다른 점이 많다. 부여는 물론 핵심 지역은 중만주이지만, 숲이 발달해서 생태계가 풍부하고, 온갖 동물과 약초, 산삼이 자라는 곳이다. 지금도 현지의 박물관에 박제로 재현해 놓았지만 호랑이, 곰, 표범, 여우, 살쾡이, 너구리, 늑대, 담비뿐만 아니라 흰 사슴, 흰 노루, 자색 노루 등도 서식했다. 이 동물들 대부분은 훗날 제작된 고구려의 고분벽화에서도 확인할 수 있다. 실제로『삼국지』부여전에는 이 지역에서 여우·살쾡이·원숭이·담비 가죽 등이 생산된다는 내용이 나와 있다.『후한서』에도 동일한 기록이 있다. 해모수의 아들인 '추모' 즉 '주몽'은 고구려 말이지만 부여어이기도 하다. 그런데 뜻이 '선사자', 즉 사냥꾼이다.

모피는 선사시대부터 고부가가치 상품이었다. 동만주와 연해주 일대의 담비 가죽은 엄청나게 비싼 가격으로 팔린 무역상품이었다. 고조선시대에는 문피 외에 비(貔) 가죽, 붉은 표범 가죽, 누런 말곰 가죽, 반어피, 흰 사슴, 흰 노루, 자색 노루, 꼬리 길이가 9척인 주표(朱豹) 등을 수출하였을 것이다(박선희). 고구려는 모피 가공업이 발달했기 때문에 옷이나 무기는 물론이고 신발까지도 황색 가죽신을 신을 정도였다. 모피로 만든 옷을 입은 기록과 고분벽화들이 있다. 당연히 부여인들도 모피옷을 입었다. 훗날 발해는 일본에 초피(貂皮), 대충피(大虫皮), 웅피(熊皮), 표피(豹皮), 호피(虎皮) 등의 모피들을 꿀, 인삼, 철 동같은 광물 등과 함께 팔았다. 그렇다면 부여인들은 얼마나 다양한 모피옷들을 걸치고 활보하고 다녔을까?

궁금한 것이 또 하나 있다. 바로 모자다. 부여인들은, 해모수는 어떤 모자들을 썼을까?

내가 살고 있는 곳은 중앙아시아의 한가운데인 우즈베키스탄의 사마르칸드시다. 우리 학교에서 택시로 15분 정도 가면 아프로시압 궁전 유적지에 닿는다. 그 성은 기원전 5세기에 소구드인들이 건설했지만 알렉산더 대왕의 공격으로, 또 징기스칸 군대의 공격으로 초토화된 일종의 도시국가였다. 그 성의 폐허에서 1965년에 궁전이 발견되었는데, 그곳에는 7세기 중반에 있었던 강(康)국의 바르후만 왕과 연관된 벽화들이 있었다. 그런데 벽화에 그려진, 왕을 예방하는 각 국가의 사절단 가운데 맨 끝에 2명의 사신이 있었다. 허리에 찬 둥근고리칼, 단정하고 활동적인 복장, 두 손을 잡고 예의를 표하는 태도 등과 함께 머리에 새 깃 2개가 꽂힌 모자를 썼다. 영락없는 고구려 사신이었다. 그만큼 고구려인들의 모자는 새 깃과 연관이 깊었다.

고구려 고분의 벽화에 나오는 고구려인들은 대부분 모자에 새 깃을 한 개 또는 두 개씩 꽂고 있다. 조우관(鳥羽冠)이라고 하는데, 해모수가 하늘에서 내려올 때 머리에 쓴 것도 조우관(鳥羽冠) 또는 '오우관(烏羽冠)'으로 기록되어 있다.

그들은 왜 모자를 쓰고 거기에 새 깃까지 꽂았을까? 아름다움 때문일까? 의미가 있어서일까? 또는 북방의 차가운 날씨에 방한과 보온을 목적으로 쓴 것일까? 그런데 북방문화권에서는 새가 하늘과 땅을 이어주는 전령의 역할을 한다고 여겼다. 천손민족으로 자부하고, 하늘을 날고 싶어 하는 이상을 지닌 사람들에게 새는 특별한 존재였을 것이다.

그런데 해모수가 쓴 이 모자를 까마귀 오(烏) 자를 써서 오우관(烏羽冠)으로 기록한 문헌도 있다. 물론 오자일 가능성도 있다. 하지만 새 중에서도 부여인이나 고구려인들 또는 북방인들이 더 큰 의미를 둔 것은 까마귀였다. 하늘과 태양을 숭상하는 북방 종족들에게 까마귀는 해를 상징하기도 하고 해의 전령으로 여겨져 신령스러운 존재였다. 고구려, 백제, 신라의 관모에서도 까마귀를 볼 수 있다. 일본 아스까(飛鳥)에서 발견된 고송총 벽화에도 해 속에 삼족오가 있다. 신라의 관직에도 까마귀 오(烏) 자가 들어 있고, 『삼국사기』와 『삼국유사』에서도 볼 수 있듯이 신라 아달라왕 때 일본 열도로 건너가 소국의 왕과 왕비가 된 연오랑과 세오녀 또한 까마귀로 상징된 신이다. 해모수가 쓴 관은 오우관이 분명하다.

내가 궁금한 것은 옷의 형태와 기능이다. 장식품이 아닌 실용성이 중요한 의복 전체의 기본 형태는 어떤 것이었을까? 농경민의 복장, 초원 유목민의 보장, 어민의 복장이 다르고, 좁은 숲속에서 활동하는 사냥꾼의 복장이 다르다. 의미를 지닌 스타일이나 상징을 표현한 장식품의 문제가 아니라 형태에서 차이가 난다.

지금 일부 중국인들이 우리 한복이 중국의 것이라는 주

장을 한단다. 사실 중국 고유의 복장이란 것은 존재하지 않는다. 중국적인 질서 속에 편입되거나 점령된 각각 다른 종족들의 고유 복장이 있을 뿐이다. 중국은 춘추전국 시대까지만 하더라도 활동적인 형태의 바지를 입지는 않았었다. 그런데 북방 유목민들과 전투를 벌이면서, 그들의 효율적이고 활동성이 좋은 무기와 복장을 체험했다. 그래서 흉노와 가까운 지역에 살았던 조나라 사람들은 무령왕 때 북방유목인들의 군사체제와 복장을 과감하게 받아들였다. 그리고 이러한 시도는 결국 당시 많은 나라가 모방하게 되었다. 그렇다면 유사한 시기에 살았으며 말을 타는 부여인들도 당연히 활동이 편한 복장을 했을 것이다. 오룡거를 몰면서 하늘에서 하강하는 해모수는 당연히 이러한 복장을 하지 않았을까?

고구려의 장천 1호분, 무용총, 수산리 벽화 등을 보면 스타일이 다양하고, 무늬도 표범처럼 아주 역동적이며 개성이 강한 춤꾼들이나 여인들이 등장한다. 치마를 입은 여인들도 있지만, 말타기에 편하고 활동적일 수 있도록 폭을 좁게 여민 바지들을 입었다. 남자들은 바지, 저고리, 신발 할 것 없이 가장 간편하면서도 말타기에 유리한 복장이다. 또한 시대에 따라 약간의 변화가 생겼지만, 기본적으로 저고리를 여미는 방식은 좌임이다. 즉 요즘 여자들이 입은 옷처럼 오른쪽이 왼쪽을 덮는 형태였다. 이는 활을 쏠 때 편하게 하기 위함이다. 마치 여전사인 아마조네스들이 오른쪽 유방을 도려내거나 인두로 지져 납작하게 만드는 것과 마찬가지다.

결혼과 놀이문화

해모수는 혼인을 몇 번 했는지 알 수가 없다. 분명한 사실은 유화부인과 혼인을 했다는 점이다. 그런데 그 혼인은 우리가 아는 것처럼 일반적인 형태는 아니었다. 어쩌면 그것이 그 시대의 결혼 풍습이었는지도 모른다. 『동국이상국집』에 실린 내용에서는 이러한 약탈혼의 모습을 찾아볼 수 있다. 그는 먼저 도망가려는 유화를 취했는데, 그 후 힘겨운 과정을 유화의 아버지에게 인정받고 혼인을 허락받는다. 문제의 발단은 그가 다시 유화를 버리는 데서 시작되지만 이는 건국 신화나 영웅 신화의 구조상 어쩔 수 없이 나타나는 현상이다. 하지만 유목민들에게는 흔한 풍습이다. 지금도 키르키즈스탄의 시골에서는 마음에 드는 여자가 있으면 친구들과 함께 일종의 납치를 해서 데려간 다음에 혼인을 한다.

그런데 해모수신화는 단순하게 약탈혼으로 끝나지 않는다. 유화는 버림을 받은 것 같았는데 실은 아니었다. 아버지에게 내쫓겨서 흉측한 얼굴을 한 채로 물가에서 울고 있었던 그녀는 어쩌면 해모수의 손자일 수 있는 금와의 도움을 받아 궁전으로 온다. 어두운 방에 머물고 있을 때 천장에서 한 줄기 빛이 들어오더니 유화를 비춘다. 주로 유목민들이 사용하는 집인 겔(유르타, 파오 등)은 구조상 천장에서 빛이 들어올 수밖에 없다. 유화는 놀라서 몸을 비킨다고 했지만 실은 빛을 기다린 것이었다. 결국 빛은 그녀의 몸을 비추어 임신을 시킨다. 얼마 후에 해, 즉 빛을 상징하는 알을 생산한다. 빛은 당연히 해모수를 상징화한 것이다. 이 신화가 실제로 부여나 고구려의 혼인 풍습이었다는 사실은 중국의 기록들에서 확인할 수 있다.

고구려에서는 여인들이 성년이 되면 혼인하기 전에 집 뒤에 조그만 집을 지어놓고 일정한 기간에 햇빛을 보지 않고 혼자 사는 풍습이 있다. 단군신화에서 곰과 호랑이가 동굴 속에서 사는 것(一熊一虎 同穴而居 不見日光百日)과 똑같은 의미를 가진 행위다. 또 『삼국지』 위지에는 고구려의 혼인 풍습으로 서옥(婿屋)이라는 제도를 소개되어 있다. "처음 말로써 혼인을 정하고 다음에 여자의 집 대옥(大屋) 뒤에 소옥(小屋)을 지어 서옥이라 부르며, ~ 저녁에 사위가 여자집에 와서 문밖에서 자기의 이름을 알리고 무릎 꿇고 절하면서 여자와 같이 잘 것을 세 번 원하면 여자의 부모는 이것을 듣고 소옥에서 같이 잘 것을 허가한다. 남자는 다음 날 떠날 때 전백(錢帛)을 놓고 간다. 여자는 자녀를 낳고 자녀가 성장하여야 비로소 남자의 집에 살러 간다." 아마도 부여 또한 이러한 풍습을 가졌을 것이고, 해모수나 그의 친구들은 이러한 형식으로 혼례를 치렀을 것이며, 이것이 신화로 전승된 것이다. 부여인들도, 고구려인들도 이러한 결혼식을 했고, 해모수도 유화와 이러한 형식의 결혼을 한 후에 아들인 추모 즉 주몽을 낳은 것이다.

부여인들은 성장하면서 어떤 놀이를 했는가가 궁금하다.

해모수의 어린 시절, 젊은 시절로 돌아가 보자. 그가 즐겼던 놀이들은 그 시대의 부여 청소년들이 다 즐겼을 테고, 해모수는 그 가운데에서도 무사나 정치인, 또는 임금이 될 때 도움이 될 놀이들을 분명히 했을 것이다.

그는 어떤 놀이들을 하면서 어린 날을 즐겁게 보내고, 어른이 되기 위한 준비들을 했을까?

우선 놀이문화에 대하여 이해하여야 한다. 많은 사람은 오해를 약간씩 하고 있다. 지금 현대인들이, 특히 한국인들이 누리는, 향유하는 놀이와 전근대, 고대, 더 나아가 선사시대의 놀이는 종류나 의미가 다를 뿐 아니라 목적이 다르다. 사회에 놀이가 없거나 부족하면 활력이 사라지고 여유가 없어진다. 공동체 의식에 균열이 생기며 창조성이 약화된다.

고대 사회에서는 놀이는 곧 공동체 또는 국가가 조직적

으로 시키는 일종의 학습이다. 그리스에서 스포츠가 발달한 것은 전투 기술을 향상하고, 공동체 의식을 강화하는 것이었다. 사실은 언제부터 놀이가 생겼는지는 모른다. 요한 호이징하는 '호모루덴스(Homo Ludens)' 즉 인간은 놀이하는 동물이라고 정의했다. 그만큼 놀이는 인류의 발달에 큰 역할을 한 것임은 말할 필요조차 없다. '놀이가 먼저인가?' 아니면 '운동이 먼저인가?'라는 질문들을 들을 수 있다. 아마도 초기에는 놀이와 운동의 차이가 없었을 것이다. 한편으로는 노동을 효과적으로 하기 위해 놀이를 하는 경우도 있었다. 놀이는 이러한 여러 가지 의미들 때문에 신들에게 바치는 의례로서 승화되거나 포장되기도 했다.

부여의 놀이문화로 추정되는 것에 대한 기록이 남아 있다. 『후한서』에는 "부여가 섣달(臘月)에 하늘에 제사(祭祀) 지내는데 매일 연이어 큰 모임을 해서 술 마시고, 노래 부르고, 춤추고 논다. 이것을 '영고(迎鼓)'라고 한다."라고 쓰여 있다. 『삼국지』에도 "추수를 마친 12월에 온 나라의 백성이 동네마다 한데 모여서 하늘에 제사를 지내고

회의를 했는데(음력으로 정월) 제천 행사였다."라는 기록이 있다. 또 밤낮없이 길에 사람이 다니며, 노래하기를 좋아하여 길거리에 노랫소리가 끊이지 않는다고도 기록했다. 어쨌든 부여인들은 노래하고 춤추는 것을 좋아했다. 또 다음과 같은 기록도 있다. "밤낮 없이 길에 사람이 다니며, 노래하기를 좋아하여 노랫소리가 끊이지 않는다(行人無晝夜, 好歌吟, 音聲不絶). ~"

고구려에서도 역시 놀이문화가 발달했다.『남사』에 이러한 기록이 있다. "노래하고 춤추는 것을 좋아하여 나라 안의 동네마다 밤만 되면 남녀가 모여 노래하고 논다." 또『위서』에는 "귀하고 천하고의 차별이 없다."라고 쓰어 있다. 동예도 마찬가지였다. 10월이면 하늘에 제사를 지내는데, 주야로 술 마시며 노래 부르고 춤추니 이를 '무천(舞天)'이라 한다. 이러한 제천 또는 축제 행사를 예술적으로 정확하게 묘사했고, 가장 잘 알려진 그림이 쌍영총의 수렵도와 무용총의 수렵도다.

죽음과 장례문화

인간이 가진 용기를 시험할 수 있는 것은 '죽음'을 맞이하는 태도다. 진정한 용기는 죽음을 두려워하지 않는다는 말이 있듯이 모든 인간은 죽음을 가장 두려워하기 때문이다. '토르'나 '오딘' 등 바이킹을 다른 영화들을 보면 그들은 전투를 치를 때 오히려 죽음을 바란다는 식의 장면들이 보인다. 현대인들은 받아들이기 힘든 사건들이지만 사실이었다.

그런데 고구려에는 이와 유사한 풍습 또는 사회적인 규율이 있었다. 『삼국지』위서에는 고구려인들이 남녀를 막론하고 성인이 되면 죽었을 때 입을 수의를 미리 만들었다는 기록이 있다. 이게 이해가 되는 일인가? 이 주장을 그대로 받아들일 수가 있는가? 우리 민족은 늘 평화를 사랑했기 때문에 수천 년의 역사에서 다른 나라를 단 한 번도 침략하지 않았다고 배웠다. 지금도 대부분의 사람은 그렇게 생각한다.

그런데 고구려인들은 달랐다. 늘 죽음을 염두에 둔 채

생활하며, 죽음을 명예롭게 장식하려는 마음을 지니고 있었다. 물론 그 죽음은 가족과 나라 등의 생존을 위한 대의로서의 죽음이었을 것이다. 엄혹한 환경 속에서 부족들이 생존하려면 그러한 어처구니없는(?) 세계관이 필요했던 것이다. 다소 다르게 표현될 수는 있지만 기본적으로 부여계 사람들이 용맹한 것은 다 공통적인 평가였다. 그렇다면 그들의 생물학적인 조상이고, 역사적인 리더인 해모수에게는 당연히 이런 기질이 있었고, 어쩌면 더 강했을 수도 있다고 봐도 되지 않을까?

하지만 하늘의 임금인 해모수도 결국은 죽었을 것이다. 부여인들은 북부여의 임금인 해모수의 죽음을 어떻게 대했을까? 부여에서는 당연히 장례문화가 독특했다. 『삼국지』부여전을 보면 장례를 상당히 성대하게 치렀다는 것을 알 수 있다. 죽은 사람의 장례는 무조건 5월에 치렀다. 만일 다른 달에 죽으면 5월까지 보존했고, 얼음을 사용해서라도 시체가 부패되는 것을 늦추었다. 또 다른 설이 있다. 즉 5월에 장례를 치른 게 아니라 5개월 동안 장례를 치렀다는 것이다. 순장 풍습이 있었다. 『후한서』에는 "사람이 죽어 장사(葬事)지낼 때에 ~ 사람을 죽여 순장(殉葬)시키는데, 많을 때는 백 명이나 되었다."라고 쓰어 있다. 또 이 책에는 고구려인들이 "부장품을 많이 쓰기 위해 금·은 그리고 재물이 동이 난다. 돌을 쌓아 무덤을 만들고 (그 곁에) 소나무와 잣나무를 심는다."라고 기록되어 있다.

이러한 풍습은 지금 우리와 크게 다르지는 않다. 죽은 후의 삶을 믿어서 정성껏 넉넉하게 장례를 잘 치르는 후장의 풍습이 있었던 것이다. 그래서 "고구려는 사람이 죽으면 그를 위해 곡을 한다. 매장할 때에는 북치고 춤추며, 죽은 사람을 떠나보내려고 음악을 연주한다. 매장한 후에는 무덤 곁에 죽은 사람이 살아 있을 때 사용하던 옷가지, 개인 용품, 마차, 말들을 놓는다. 장례식에 참석한 사람들은 떠나기 전에 그것을 가지려고 서로 싸운다."라는 기록이 『수서』에 있는 것이다. 우호적이지 못한 다른 집단이 쓴 기록이라 다소 오해가 있었지만 그래도 상황을 정확하게 묘사한 글이다.

놀라운 기록이 또 하나 있다. 『삼국사기』나 중국의 『수서』「북서」에는 "고구려인들이 부모나 남편이 죽었을 때에는 3년 동안 상복을 입으나 형제들을 위해서는 석 달만 입는다."라는 내용이 있는데 이는 호기심 어린 눈길로 풍습을 기록한 것이다. 그러니까 우리가 알고 있는 3년상은 꼭 중국 유교 의례의 영향을 받은 것만은 아닌 것을 알 수 있다. 고구려의 북쪽인 북만주 일대에 살고 있었던 실위는 고구려와는 철과 말을 주고받은 무역을 자주 했는데, 고구려와 풍속이 비슷한 게 있었다. 그 가운데 "부모가 죽으면 남녀가 무리를 지어 삼 년간 슬퍼하고 시체는 숲속의 위에 두었다."라는 내용도 있다. 전형적인 고구려의 풍습들이다. 그렇다면 해모수가 살았던 초기 부여도 마찬가지였을 것이다.

해모수는 어떤 인물인가? 어떤 성격과 능력을 지녔는가를 다양한 방식들을 활용하여 살펴보았다. 이제는 대충 알 것 같은 느낌이 든다.

자유의지와 자의식

부여인들이 지닌 자의식은 어떤 것일까?

마지막으로 사실 여부와는 무관하게 내가 강조하고 싶은 기질, 그리고 부여인이나 고구려인, 그러니까 해모수가 꼭 지녔으면 하는 성격을 말하려고 한다. 아니 실제로 그는 이러한 기질을 지니고 있었을 확률이 크다. '자유의지(free will)'다. 난 그것을 인간이나 사회 또는 문화의 가치를 평가하는 데 아주 중요한 기준으로 삼는다.

그런데 『삼국지』「고구려전」에는 "~교만하고 방자해졌다. ('後稍驕恣')~"라는 기록이 있다. 또 『주서』는 고구려 후대의 상황을 묘사했는데, "고구려 사람은 거짓말을 잘하고 말투가 천하다"라고 쓰여 있다. 중국인들의 처지에서 볼 때 저런 표현을 쓸 정도라면 고구려인들이 중국인들을 얼마나 우습게 여겼는가를 짐작할 수 있다. 그들의 악의적인 평가를 뒤집어 보면 고구려인들은 굉장히 자의식이 강했고, 중국을 비롯한 어느 나라나 종족들도 당당하게 대했다는 것을 알 수 있다.

1995년도에는 부여의 출발지인 중만주의 대안 지역에서 말을 타고 수도인 국내성(집안)까지 내려온 적이 있었다. 20여 일 동안 탐사를 하면서 나는 고구려 사람 비슷하게 변해있었고, 자존심이나 자의식은 더더욱 강해져갔다. 다시 요동 지역으로 고구려 산성을 답사하러 다녔다. 그때 비로소 꿈에 그리던 안시성에 갔었다. 처음 마주하는 순간 너무나 놀랐다. 사실은 어마어마하게 넓고, 성벽들도 크고 높은 난공불락의 요새인 줄 알았다. 당 태종이 10만의 병력을 거느리고 직접 공격했지만 결국 함락하지 못한 성이다. 그가 결국 90일 만에 철수하고, 후퇴하는 과정에서 목숨을 잃을 뻔했을 정도로 대참패를 당했다.

양만춘 장군이 소수의 병력과 백성들과 함께 고립무원인 상태에서 끝까지 사수하면서 대승을 이끌어낸 성이니 얼마나 대단했겠는가? 그런데 단지 몇 개의 산골짜기와 능선을 연결한, 둘레가 4km에 불과한 토성이었다. 나도 모르게 2개의 단어가 저절로 튀어나왔다. '기적', 그리고 '자유의지(free will)'였다. 고구려인들이 기적처럼 승리한 것은 싸움도 잘했고, 무기도 좋았지만, 바로 의지 즉 자유의지를 바탕으로 불확실성 속에서도 끝까지 항전했기 때문이다. 이후 고구려 하면 늘 자유의지를 떠올린다.

1994년도에 고구려의 고분인 무용총에 들어갔을 때 가슴을 뛰게 만들었던 그림이 있었다. 단아하고 반듯하게 생긴 한 사내가 학인 듯 기러기인 듯한 유려한 몸과 다소 고뇌가 잠긴 듯 고개를 빼든 새 잔등에 올라탄 채 새들에 이끌려 아득한 하늘로 비상하고 있다. 동물들에게도 날개가 달려 있고, 사람과 동물의 얼굴을 한 신들도 날갯짓을 달고 넝쿨처럼 부드럽게 휘어진 구름을 일으키며 구름신을 싣고 있다. 천장을 쳐다보면 모두 날고 있는 존재들 뿐이다. 그 '날기'의 자유로움이 바로 고구려인들의 속마음이었다. 그렇다면 부여인들도, 해모수도 마찬가지였을 것이라는 생각이 든다.

　자, 이렇게 해서 해모수가 어떤 인물인가? 더 구체적으로 말하면 어떤 성격과 능력을 지녔고, 어떤 생활을 하면서 미래의 큰일을 위한 자기단련을 했는가를 살펴보았다.
　당시 세계인 동아시아 세계의 질서가 지금보다도 더 격렬하게 재편되는 격동기인 데다가 자기의 조상들이 세워서 발전하던 조선이란 나라는 중국의 한나라와 벌인 전쟁에서 패배하여 사라졌다.

말 그대로 일제 치하의 상황과 거의 비슷하다. 이러한 시기에 해모수는 북부여라는 조그만 나라에서 왕자로 태어난 것이다. 그러한 상황에 놓인 인물이 지닐 수밖에 없는, 가져야만 하는 성격적 요소가 있다.

강한 사명감, 자의식, 굴하지 않는 용기, 온갖 상황을 헤쳐나가야 하는 탐험 정신, 그리고 죽음을 두려워하지 않고, 백성들을 위하여 헌신할 자세다. 해모수는 이런 성격을 양성하기 위하여 노력을 기울였고, 실제로 부여인들이나 고구려인들은 기본적으로 그런 성격과 능력을 지니고 있었다. 나는 비록 간접적인 것이 많지만 증거들을 찾아서 그가 지녔던 성격들을 이렇게 정리했다. '역동성', '탐험 정신', '자유의지', 그리고 '용기'로.

4부

해모수의
역사적인 역할,
업적

해모수는 공인이다. 북부여의 천제이기도 하지만, 고구려를 세운 주몽의 아버지였다. 당연히 그 시대에는 가장 중요한 사회적인 공인이었다. 그뿐만이 아니라 그 이후에 확장된 부여인들의 세계에서는 나라와 마을, 집안을 비롯해서 누구에게나 영향을 끼치는 공인이었다. 뒤를 이어 우리 역사에서도 큰 위치를 차지한 역사적인 공인이다.

그러니까 이제는 개인인 해모수가 아닌 공인 사회적인 공인, 역사적인 공인으로서 해모수를 살펴본다. 당연히 정치적으로 어떤 위상을 갖고, 또 어떠한 역할들을 했는가를 살펴본다. 그리고 그 당시 부여 세계와 연관하여 국가 또는 종족의 지도자로서 그를 살펴본다.

이규보가 쓴 『동국이상국집』에는 「동명왕 편」이 있다. 비록 먼 훗날 글자로서 재탄생된 기록이지만, 거기서는 해모수가 얼마나 복잡한 과정을 통해서 역사에 등장했는가를 잘 보여주고 있다. 더구나 글의 형식이나 내용이 서사시이므로 신비한 모습을 띠우고 있다. 그가 어떻게 세상에 등장했고, 어떻게 여인을 만났는가 등이 박진감 철철 넘치고 흥미롭게 묘사되어 있다.

1. 부여계 세력들의 통일과 공존의 실현

그 무렵에 남만주 일대에는 토착 세력들이 있었고, 북부여와 동부여가 함께 존재했으며, 또 홀본부여도 있었다. 그런데 결국은 해모수라는 존재가 자기 역할을 공개적 또는 비공개적으로 하면서 부여계 국가들 간의 역학관계를 조정했다.

몇몇 사료에 따르면 해모수는 '북부여' 또는 '북부여국'이라는 나라의 임금, 즉 천제였다. 그는 서북쪽 또는 남만주의 어떤 지역에서 온 이주 세력으로서 토착 세력과의 공존을 실현하여 부여 세력들을 통일시키고, 고구려의 건국에 토대를 놓았다. 해모수는 하늘에서 내려온 이주민 세력으로서 토착 세력에서 볼 때는 이질적이고 위협적인 집단이다. 당연히 두 세력은 갈등을 겪을 수밖에 없다. 유화의 아버지이며, 토착 세력의 대표인 하백은 동부여도 아닌, 어쩌면 부여계가 아닐 수도 있는 집단이다. 해모수는 토착 세력인 하백과 경쟁하여 딸인 유화와 혼인한 후에 두 세력의 공존을 실현하였다.

그 과정을 상징화한 것이라고 추정된 『동국이상국집』에서 인용한 『구삼국사』의 내용이다. 약간 각색하면 이러한 내용이다. 유화부인은 세상에서 가장 높은 태백산(웅심산, 웅신산 등의 여러 명칭이 있음)의 맑고 깊은 못(天池)에 살며 세상의 물길을 다스리는 수신(河伯)의 따님이었다. 그래서 물의 정을 마시며 자라는 버들꽃(유화)였다. 그 유화를 납치(?)해서 혼인한 것이다. 이 소식을 들은 아버지 하백은 해모수를 꾸짖고, 혼인을 허락하지 않는다. 이로 인하여 해모수와 하백은 재주를 겨루게 된다. 물론 이는 현실적으로 갈등과 경쟁 또는 투쟁관계를 신화체로 설명한 것이다. 결국 3번의 시합을 한 끝에 해모수는 승리하고 혼인을 한다. 하지만 해모수는 결국은 하백의 바람대로 하지 않았다. 유화를 떠나 일단 혼자서 오룡거를 타고 하늘로 올라가 버렸다. 유화는 버림을 받았고, 분노한 하백에게 내쫓겼다. 하지만 유화는 예정대로 여러 단계의 과정과 시련(nite of passage)을 거치고 끝내는 다시 빛으로 찾아온 해모수의 도움을 받아 주몽을 낳는다.

해모수는 부여계의 통일을 위해 동부여의 왕계에도 간섭했다. 『삼국사기』「고구려 본기」 동명왕조에는 앞에서 소개한 대로 탄생 신화가 있다. 해부루가 하늘이 아닌 산천에 빌고, 그 결과물로서 금빛 개구리인 금와는 돌덩이 아래에서 등장한다. 신라의 시조인 박혁거세 신화와 유사하다. 훗날 금와왕은 즉위한 뒤 태백산 남쪽 우발수(優渤水)에서 한 여자를 만났다. 그 여자는 본시 하백(河伯)의 딸로 이름은 유화(柳花)인데, 천제의 아들 해모수(解慕漱)와 사통(私通)한 것 때문에 부모에게 내쫓겨 우발수에서 살고 있었다. 그녀의 얼굴은 이상하게 변해 있었다. 아버지인 하백이 분노해서 신하들을 시켜 딸의 입을 잡아당겨서 입술이 세 자나 될 정도로 길어졌다. 말을 할 수가 없었는데 3번 자르고 나서야 말할 수 있었다. 금와의 도움을 받아 정상으로 되돌아온 것이다. 부인이 된 알영도 수신이었는데, 입에 달린 부리가 결국은 떨어져서 정상으로 돌아와 혁거세와 혼인했다.

금와가 유화를 데려왔는데, ~ 그런데 닷 되만한 알을 하나 낳으니, 금와는 이를 내다 버리도록 명령했다. 그러나 개·돼지·소·말들이 이 알을 피하여 먹지 않으며, 새들이 보호하려 들자 왕 자신이 알을 깨뜨리려 해도 깨뜨리지 못하게 되니 왕은 알을 어미에게 되돌려 주었다. 이 알에서 태어난 아기가 바로 고구려의 시조인 주몽(朱蒙)이다. 금와는 유화를 보호하고, 알을 보호하고 주몽이 탄생하는 데 실질적으로 큰 역할을 하였다. 그뿐만이 아니다. 시기를 하는 자기 자식들에게 죽임을 당할뻔한 주몽을 구원했다. 또한 유화가 동부여에서 죽자 태후의 예로써 장사 지내고 신묘(神廟)를 세웠다. 결국 부여계에서 유화부인을 모시는 부여신 신앙이 생기는 계기를 만들었다. 금와는 신화적인 의미로 보면 '달동물(runar animal)'로서 달신을 상징하며, 결국은 유화부인과 동일한 의미를 지니고 있다. 그는 주몽이 탄생하고, 고구려가 건국하는 데 큰 역할을 하는데, 이 또한 해모수의 의지가 작동한 결과로 보인다.

2. 부여계의 조선 계승성을 명확하게 연결

해모수는 조선 즉 원조선과 연관이 깊다. 즉 부여계의 조선 계승성을 알려준다. 『삼국유사』는 조선(왕검조선, 고조선)을 최초의 국가로 설정하여 이른바 조선 정통론을 보이고 있다. 물론 나는 고조선이라는 용어를 싫어하고 비판적으로 여긴다. 따라서 이론을 만들어서 원조선 즉 'proto 조선'이라는 용어를 사용한다. 『삼국유사』의 앞부분에 있는 왕력 편에 서는 주몽은 단군의 아들(朱蒙… 鄒蒙 壇君之子)로 기술하여 해모수가 단군임을 주장했다. 부여가 자연스럽게 조선을 계승했다는 사실을 알려준다. 또 「단군기(壇君紀)」를 인용하면서 단군이 비서갑(非西岬)의 딸과 결혼하여 부루(扶婁)를 낳았음을 밝혔다. 따라서 비서갑은 하백이다. (해)부루는 단군의 아들이라고 하니 부루의 아버지는 해모수다. 그런데 해모수는 상제의 명으로 동부여로 간 해부루를 대신해서 온 상제의 아들이기도 하다. 그러니까 부루는 동명도 주몽도 아니다.

『제왕운기』에서도 부여, 고구려 등이 단군을 계승했다고 주장하는 내용을 여러 번 볼 수 있다. 즉 "시라(尸羅: 신라), 고례(高禮: 고구려), 남옥저, 북옥저, 동부여, 북부여, 예맥이 모두 단군의 후손이다. 단군은 1038년 동안 나라를 다스리다가 아사달(阿斯達)로 들어가 산신이 되어 죽지 않았다."라고 기록되어 있다. 해모수가 조선과 직접 연관되었고, 어쩌면 일부 기록처럼 단군일 가능성도 크다. 그것은 단군은 한 인물이 아니라 조선의 정치적인 실체, 최고 지휘자를 뜻하는 일반명사이기 때문이다. 그 무렵의 지식인들은 여전히 계보가 다소 복잡하고 혼란스럽지만, 해모수라는 존재를 통해서 원조선을 정통으로 하는 계통성 있는 역사를 만들었다.

그런데 한 가지 명확하지 않은 것이 있다. 해모수와 고리국(탁리국)의 관계다.

　중국이 우리 역사를 기록할 때 부여 또는 북부여와 연결되는 부분에 고리국이라는 존재가 등장한다. 색리(索離)국, 탁리(槖離)국, 고리(稾離)국, 또 구려라는 이름이 있다. 『논형』은 1세기경에 쓰인 책인데, 길험 편에 이러한 글이 실려 있다. "북쪽 이족(夷族)인 탁리국왕의 하녀가 임신하자 왕은 하녀를 죽이려 하였다. ~ 후에 아들을 낳았다. ~ 왕은 하늘에서 낸 아이가 아닌가 의심해서 그 어머니에게 데려가라고 하고 종으로 길렀다. 이름은 동명이라고 했는데 ~ 이로 인하여 부여에 도읍하고 왕 노릇을 하였다." 이렇게 동명이라는 존재가 고리국에서 이동하여 부여왕이 된 사실을 기록했다.

　또 『삼국지』 「동이전」의 부여조에 인용된 주석에서 『위략』을 인용했는데, 위와 거의 유사한 내용들이다. 또 후대의 책인 『양서』의 고구려조에도 고리국의 존재가 기록되어 있다. "고구려는 동명으로부터 나왔는데 동명은 북이(北夷)인 고리국왕(槀離國王)의 아들이다. 그 시녀가 출타 중에 임신하여 낳은 자로 왕이 죽이려 하자 남쪽으로 달아나 엄표수를 건너 부여에 이르러 왕이 되었다."

고리, 탁리, 색리는 같은 존재를 다르게 표기한 말들이다. 글자가 거의 비슷한데 이는 목판본이라는 한계로 인하여 생긴 결과물들이다. 발음을 중요시한다면 대표적으로 고리라고 부르는 것이 합리적이다. 고리국에 관한 신화들은 동명신화와 구조와 내용이 같다. 여기에 정치적인 상황 등을 고려하면 다음과 같은 결론이 나온다. 고리국에 해당하는 것은 동부여이고, 고리국의 왕은 금와에 해당하고, 유화부인은 고리국의 시녀에 해당한다. 크게 보면 고리국은 부여국의 모태일 가능성이 있고, 고리국을 탈출하여 부여의 왕이 된 인물은 동명이다. 분명히 주몽이 아니다. 그리고 그 무렵에는 고리라는 나라가 분명히 있었다. 북한에서는 고리국을 북류 송화강의 하류와 눈강 유역인 대안과 농안 일대로 추정한다. 중국도 근래에는 부여가 탁리(고리)에서 기원했고, 그 조상들이 이룩한 문화가 중만주 일대의 백금보문화라고 주장한다.

또한 '구려'라는 존재도 해모수와 연관되어 있다. 고구려와 부여는 물론 원조선의 성격에까지 영향을 끼친다. 중국에서 가장 오래된 시대의 역사를 다룬 『상서(尙書)』나 『일주서(逸周書)』 등을 보면 기원전 12세기에 '구려'란 나라가 주나라와 교섭을 하였다는 것을 알 수 있다. 이 구려를 고구려의 전신으로 보는 주장들이 있다. 특히 북한에서는 1990년에 들어와 구려국을 『전사』의 고대 편에 기술하였다. 구체적으로 말하면 고조선은 기원전 10세기경에 성립되었고, 부여는 기원전 7세기, 그리고 구려는 기원전 5세기 이전에 세워진 것으로 본다. 그리고 남만주에서도 중심지는 통화시와 집안시 근처로 보기도 한다. 실제로 고구려의 수도권인 집안 북쪽인 대평에서 무기단 돌각담 무덤, 세형동검 등이 발견되었는데, 기원전 5~4세기의 것이다. 그렇다면 이 세력들과 부여 또는 조선, 또는 고리(구려)와는 어떠한 관계였을까?

3. 고구려의 건국·발전 과정에서 큰 역할을 수행

해모수는 고구려가 역사에서 탄생하는 데 큰 '모태' 역할을 했다. 모든 자료는 그를 주몽의 아버지라고 기록했다. 주몽은 개인적으로 그의 아들일 뿐만 아니라, 홀본부여를 되찾고, 이어 고구려가 건국하는 데 큰 토대를 놓는 역사적인 인물이다. 그러니까 결국 해모수는 북부여, 동부여의 역사뿐만이 아니라 고구려를 건국하는 모태의 역할을 한 것이다. 몇 개의 사료가 이러한 사항을 입증한다. 우선 가장 중요하고, 확실하고 또 남이 아닌 고구려인들이 직접 새겨서 기록한 〈광개토태왕릉비〉을 들 수 있다. 이 비문은 "옛날에 시조인 추모왕이 나라를 세웠다. (

왕은) 북부여에서 태어났으며, 천제의 아들이었고 어머니는 하백의 따님이었다. …길을 떠나 남쪽으로 부여의 엄리대수를… 건너가서 비류곡 홀본 서쪽 산 위에 성을 쌓고 도읍을 세웠다.”라고 전하고 있다. 고려시대에 쓴 『삼국사기』, 『삼국유사』, 『동국이상국집』의 「동명왕 편」 등도 거의 유사한 내용이다.

또 광개토대왕시대에 세워진 모두루 무덤의 묘지명에서도 “~ 하박(백)의 손자, 해와 달의 자식이며, 추모성왕은 원래 북부여에서 나왔다.”라고 밝혔다. 중국 측의 사료에도 고구려가 부여를 계승했다는 인식이 반영되었다. 『위서』에도 “고구려는 부여에서 나왔으며, 스스로 주몽이 선조라고 말한다.”라고 쓰여 있다. 또 『후한서』의 고구려조에는 “서로 전하기로는 고구려가 부여의 별종(別種)이라고 하는데, 그 때문에 언어와 법속이 대부분 같다. ~”라고 기록되어 있다. 별종은 다른 것이 아니라 한 갈래라는 의미다. 『주서』 고려조, 『수서』 고려조에도 고(구)려의 선조는 부여라는 내용이 있다. 이후에 나온 책들도 거의 유사한 내용을 기록했다. 『삼국유사』는 북부여조에서 동명이 북부여를 계승했는데, 졸본천에 도읍을 정하고 졸본부여를 세웠다고 기록했다. 여러 기록을 보면 동명과 주몽은 항상 동일한 인물은 아니지만, 고구려 시조로서의 동명은 부여에서 비롯된 것은 분명하다. 고구려는 북부여와 동부여를 직접적인 근원으로 삼아 이주정권으로서 성립한 졸(홀)본부여의 후신이었다. 토착 세력과의 연합을 통해서 건국한 것이다. 이처럼 고구려인들은 부여가 자신들의 근본이고 원향임을 스스로 선언했다.

해모수는 주몽의 재위 기간 내내 고구려의 발전에 큰 도움을 주었다. 『삼국사기』의 시조 동명성왕 편을 보면 이러한 내용이 나온다. "3년 봄 3월에 황룡이 나타나다." 이때 황룡은 당연히 해모수 아니면 주몽이다. 하지만 이 글에서는 해모수를 의미한다. 그는 오룡거를 타고 다녔다. 또 4년 가을 7월에는 이러한 기록이 있다. "검은 구름이 골령에서 일어나 사람들이 그 산을 볼 수 없었다. 수천 사람의 소리가 나 무슨 토목 공사를 하는 것 같았다. 왕이 말하기를 '천(하늘)이 나를 위해 성을 쌓는다.'라고 하였다. 이레 만에 구름과 안개가 흩어지고 나니 성곽과 궁실과 누대가 저절로 완성되어 있었다. 왕이 하늘에 절하고 가서 (거기에서) 지냈다." 똑같은 상황에 대한 기록이 『삼국사기』 「고구려 본기」 동명왕조에도 있다.

이 내용들은 신화적으로 해석하면 주몽이 해모수와 상의하는 과정으로 보이기도 하고, 정통성을 확인받는 절차이기도 하다. 주몽은 죽을 때도 해모수인 용, 하늘과 깊게 연관되어 있는 것이다. 아래에 소개하는 기록들을 보면 그러한 내용들을 확인할 수 있다. 우선 광개토태왕비문에는 이러한 글이 있다. "하늘은 황룡을 아래로 보내 왕을 맞이하였다. 왕께서는 홀본 동쪽 언덕에서 용머리를 딛고 하늘로 오르시었다."(天遣黃龍來下迎王. 王於忽本東岡, 履龍首昇天.)

또 『삼국사기』에는 "대왕 3년에 황룡이 鶻嶺(골령)에 나타났고, 40세에 돌아가시자 용산에 장사 지냈다."라고 기록되어 있고, 이규보의 「동명왕 편」에는 "가을 9월 왕이 하늘로 올라갔다가 내려오지 않았다. 이때 나이는 마흔. 태자가 왕이 남긴 옥 채찍을 용산에 장사 지냈다."라는 내용이 있다. 그러니까 이 문장들을 연결하면 이렇게 된다. 즉 하늘이 직접 불러들이니 주몽은 하늘이 보내준 용의 머리를 딛고 승천했으며, 이를 비문에는 옥편(채찍)을 두고 하늘(天)로 승천했고, 아들인 유리가 용산에 장사 지낸 것이다. 이때 하늘(天)은 해모수다. 그러니까 추모가 생을 마치고 붕어하는 모습에서도 용을 보내준 해모수의 역할이 강조된 것이다.

　나는 장군총을 주몽의 묘로 생각하고, 맨 윗부분에 있었던 목조 건축물은 해모수와 유화부인이 머무는 신전이라는 내용이 포함된 논문을 썼다. 역사적으로나 혈통상으로 문화를 보더라도 부여와는 아주 특별한 관계를 맺었다. 그들이 모신 으뜸가는 신이 주몽의 어머니인 유화부인인데, 부여신이라고 불렀으며, 멸망할 때까지도 신앙의 대상으로 모셨다. 끝까지 부여의 후예임을 고수한 것이다. 그만큼 피를 소중하게 여겼고, 부여의 정통성을 주장하였다.

4. 고구려의 시조신 신앙과 유화 신앙의 탄생 과정에서 역할을 수행

　해모수는 고구려의 시조신 신앙과 유화 신앙이 시작하고 발전하는 데 큰 역할을 했다. 죽은 조상을 극진하게 모신 고구려인들은 시조신과 하늘에 대한 제사를 매우 중요시했다. 각 성안에 사당을 지어 조상에게 제사를 지냈다. 시조가 천손(天孫)임으로 왕들의 묘는 신앙의 대상이었다. 따라서 고분 위에 세운 건물들은 제사용일 가능성이 크다. 조상 숭배 신앙이 강한 집단에서 제사권의 획득이란 계승권 및 가계 혹은 왕통 등의 정통성 확보와 동일한 의미를 지닌다. 그런데 이러한 시조신 신앙이 체계화되고, 고구려뿐만 아니라 우리 역사에서 중요한 역할을 맡으며, 오래도록 지속된 계기가 된 것은 해모수와 유화부인에 대한 신앙이다.

고구려는 조상과 별, 하늘, 각종 신 등을 모셨지만 주몽신과 물(水) 또는 동굴(穴)로 상징되는 유화부인인 地母(穴)神이 양대 축을 이루었다. 고구려에 대한 기록들에서 '사무(師巫)' 등의 칭호가 남아 있다. 고구려는 좌우에 큰 집을 세우고 귀신에게 제사를 지냈으며, 일월성신과 사직을 받들었다는 기록들이 있다.『북사』에는 고구려에는 신묘(神廟)가 두 곳 있었는데, 한 곳에서는 주몽을 가리키는 등고신(登高神, 高登神)을 모셨고, 또 한 곳에서는 유화부인을 가리키는 부여신을 모셨다고 쓰여 있다.

중국의『위서』고구려에는 요동성이 당나라의 군대에 점령당할 위기에 놓이자 부여신을 상징하는 소상이 사흘 동안이나 피눈물을 흘렸다고 쓰여 있다. 당나라 때 쓴 북주의 역사책인『주서』(『북주서』)에도 비슷한 내용의 글이 있다. 고구려 왕도에는 부여신을 모신 사당이 있고 사당 안에는 나무로 만든 부인상이 안치되어 있었다고 하며, 또 이곳에는 등고신(『북사』에서는 고등신), 즉 주몽을 모신 사당과 함께 관리하는 관청을 두고 지키는 관원을 파견했다. 유화라는 이름은 『삼국사기』와 『삼국유사』, 그리고 「동명왕 편」 등에 나타나는데, 이 가운데 「동명왕 편」은 『구삼국사』를 인용하고 있으므로 『구삼국사』 기록이 가장 이르다. 내용이 약간씩 다르지만 거의 유사하다.

유화는 신비로운 존재다. 천신인 해모수와 깊은 관계를 맺으면서 주몽의 탄생에 결정적인 역할을 했다. 그녀는 부여와 고구려의 역사와 백성들의 삶에서 큰 영향을 끼친 존재다. 어떤 면에서는 남편인 해모수는 물론이지만 고구려를 세운 주몽인 아들보다도 더욱 큰 역할을 했다. 동명 또는 주몽이라는 주인공을 탄생시키는 데 일어날 수 있는 많은 일에 직접 또는 간접으로 관여했다. 「동명왕 편」의 내용을 바탕으로 비교해보니 3분의 2 정도가 그녀와 연관된 내용들이었다. 우리 역사에서 이렇게 위대한 역할을 하고 여신으로 천몇백 년간 추앙을 받은 존재는 없다.

고구려 지역을 답사하면서 그녀의 존재를 여러 곳에서 느꼈다. 백두산, 부여의 원향인 대안과 부여, 고구려의 장군총과 국동대혈, 동맹제, 백제의 동명신앙 등 한두 가지가 아니다. 개인적으로도 의미를 두기 때문에 연관된 시를 몇 편 쓰기도 했다. 그리고 2004년에 학술회의 때문에 북한을 방문했을 때 동명왕릉 전시관에서 북한 화가가 그린 유화를 보았다.

그녀는 어떤 성격의 신일까?

유화는 '물(水)신'이다.

세상에서 가장 높은 태백산(웅심산, 웅신산 등의 여러 명칭이 있음)의 맑고 깊은 못(天池)에 살며 세상의 물길을 다스리는 수신(河伯)의 따님이었다. 그래서 이름도 물의 정을 마시며 자라는 버들꽃(유화)이었다. 버들꽃 신앙은 유라시아 초원과 숲 지대에서는 중요했다. 웅심연(熊心淵)에서 해모수를 만나 물가에서 여러 사연을 만들면서 궁극적으로는 결합하였다. 이규보가 쓴 「동명왕 편」뿐만 아니라 광개토태왕비문에는 추모의 어머니(모)는 '하백 여랑', 즉 하백의 딸이라는 내용이 있다.

유화는 동시에 수목신이다. 유화는 버들나무 꽃을 의미

한다. 물이 있는 곳을 알려주고, 봄이 오는 신호를 처음 보내는 꽃이다. 나무를 신으로 대하는 우주목 신앙은 전 세계에서 보편적인 신앙이었지만, 특히 만주 일대나 몽골, 알타이 등 초원이나 반사막 지역에서는 버들나무도 신단수의 역할을 담당했다. 훗날 유화부인 신화는 만주족의 시조신화로 계승되었다.

유화는 '지모신'이다.

광개토대왕릉비문, 모두루총 묘지석, 『삼국사기』 등의 기록에 따르면 주몽은 '日月之子'라고 되어 있다고 한다. 해모수는 해(日), 유화부인은 달(月)로 상징된 것이다. 그런데 그녀가 거주하고, 활동한 공간의 이름은 웅신산, 웅심연 등 웅과 연관이 깊다. 단군신화에 등장하는 곰은 생물학적인 의미의 곰이 아닌 신을 뜻하는 기호다. 단군신화와 구조가 동일하고 내용이 내용이 유사한 주몽신화에도 '웅녀(곰녀, 신녀)'에 해당하는 유화부인은 '웅신산(熊神山, 고마산)' '웅심연(熊心淵, 고마못)'을 무대로 주몽과 인연을 맺는다.

단군신화에서 토템적 성격을 띠었던 '곰(bear)'은 농경문화라는 새로운 생활양식을 따르면서 문화의 성격이 바뀌었던 것이다. 농경민들은 일반적으로 '재생(recycling)'과 관련이 있는 동식물을 '신'으로 숭배하는 습속이 있다. 곰은 동면동물이라는 생물학적 특징으로 인하여 '달동물(Runar Animal)'로서 지모신의 성격을 지니게 되었다. '지모신(La Terre Mere)'은 일종의 곡물 신앙으로서 죽음과 삶을 반복하는 재생의례와 밀접하게 관련되어 있다.

곰은 수렵문화권에서는 신수(神獸)로서 숭배받았으나 문화권이 변천하면서 '神'의 의미를 지닌 '곰(감계의 언어)'으로 발음되는 언어로서 존재하게 되었다. 즉 농경을 시작하는 고조선 초기 문명권 속에서 神 또는 '巫(샤먼)'을 표현하던 '곰'은 언어로만 남아서 알타이어계에서 '금'('검' '개마' '고마' 등의 표현) 계로 표현된 지모신의 상징으로 바뀌었다. 그러니까 단군신화에 등장한 곰은 신이라는 의미다.

유화와 연관이 깊은 웅신산, 웅심연, 개마, '검', '금'처럼 '감(gam)'계 언어다. 해와 상대적인 의미와 기능을 상징한다. 따라서 웅심산(개마산, 太伯山과 동일한 의미)에 있었던 유화부인은 웅녀와 마찬가지로 지모신을 의미한다. 실제로 『구삼국사』에 따르면 유화는 동부여를 떠나는 아들에게 오곡(五穀)의 종자를 싸서 보내려고 하였다고 한다. 그러나 주몽은 어머니와의 애절한 이별에 마음이 팔려 종자 챙기는 걸 잊어버린다. 동부여를 떠난 주몽이 나무 밑에서 쉬고 있을 때 비둘기 한 쌍이 날아왔는데, 그는 "신모(神母)가 보리 종자를 보낸 것"이라고 하면서 활을 쏘아 떨어뜨린다. 주몽은 비둘기의 목에서 종자를 얻고 물을 뿜어 다시 비둘기를 살려 보낸다. 이처럼 농경과 관련이 있는 여신이었다. 어느 날 채찍을 들고와서 왕의 말들을 내리치고는 가장 멀리 뛴 말을 골랐다. 그러고는 추모에게 그 말의 혀에 가시를 놓아두게 했다. 그 말은 먹이를 제대로 먹지 못해 비실해졌고, 금와왕은 주몽에게 그 말을 주었다. 그리하여 주몽은 명마를 얻게 되었다. 이후 결국 대소가 주몽을 죽이려 하자 유화는 사태를 파악하고 주몽을 부여에서 떠나게 한다.

유화는 '동굴(穴)신'이다.

고구려는 굴과 밀접하게 관련되어 있다. 주몽은 천제를 알현할 때는 기린마를 타고 굴 속에 들어간 후에 다시 땅 가운데를 따라 조천석에 나와 하늘로 올라갔다고 했다.

동명왕 편에는 이런 내용이 있다. "왕이 천제 아들의 왕비임을 알고 별궁에 두었더니 그 여자의 품 안으로 해가 비쳐서 임신하였다. 신작 4년 계해년 여름 4월에 주몽을 낳았는데 울음소리가 매우 크고 뼈대와 생김새가 뛰어났다." 유화는 전형적으로 굴(穴)과 연관된 모습을 보인다. 이 부분은 단군신화의 2부에 해당하는 곰(熊)의 처신과 이로 인하여 발생한 사건과 매우 흡사하다(時有一熊一虎 同穴而居 常祈于神雄 願化爲人 時神遺靈艾一炷 蒜二十 枚曰 爾輩食之 不見日光百日……而不得人身).

여기서는 젊은 처녀인 유화가 동굴의 의미를 지닌 어두운 방 안에 유폐되어 햇빛을 보지 않고 지냈다. 그런데『삼국지』의 동이전에는 "~ 나라 동쪽에 큰 굴이 있었는데, 이름을 수혈(隧穴)이라고 한다. 10월에는 나라에서 큰 모임을 하는데, 동굴신(隧神)을 나라 동쪽으로 맞이해 제사를 지내고, 목수(木隧)를 신좌에 안치했다. ~"라는 내용이 있다. 이때 수(穴)신은 유화부인을 말한다. 이 수혈신을 모셨던 국동대혈이 집안시의 동쪽 산 위에 있다. 나는 이 유화부인을 최종적으로 모시는 장소가 장군총의 위에 있었던 목조건물이라고 생각한다.

해모수신화, 신앙 관련 기록들, 기타 유물들을 고려하면 결론적으로 유화부인은 해모수의 상대적인 존재로서 등장해서 물신과 나무신, 달신과 지모신, 동굴신의 성격을 다 함유하는 신녀였다. 유화는 시조신, 물신, 지모신이 세 가지 신의 성격을 공유한 신녀였다. 고구려에서는 실재했고, 역사와 백성들의 삶에서 의미 깊은 영향을 끼친 존재다. 어쩌면 고구려의 정통성은 해모수보다는 유화 또는 유화 집단일 가능성도 크다. 그녀는 조선시대까지 숭배되었다.

맺음말

참으로 오랜 세월이 흘렀다. 해모수가 임금이었던 북부여, 북부여를 계승한 동부여, 홀본부여, 갈사부여, 남부여, 두막루 등의 나라들은 천 년 가까이 정체성을 지키면서 만주땅을 가꾸고 지켜왔다. 그리고 그의 영향과 피와 생각이 스며들었던 수많은 종족과 그들이 세운 나라들은 뒤를 이어 만주 역사에서 주역을 맡았다. 그들 가운데 일부는 한민족의 주된 구성원이 되었고, 또 다른 일부는 다시 중국 지역으로 들어가 정복국가들을 세웠다. 그리고 또 일부는 서북의 초원지대로 진출하면서 유라시아 대륙에 엄청난 족적을 남겼다. 부여와 그토록 가까웠던 몽골어계는 오늘날 유럽의 판노니아 평원과 발칸반도까지 진출했고, 훗날 징기스칸이라는 이름으로 세계사를 다시 쓰게 만들었다. 또한 해모수의 피에 적지않이 흘러들었을 투르크어계 종족들은 흉노로, 훈으로 이름을 바꾸어가면서 유라시아 세계에 큰 말발자국을 찍었다.

해모수.

그는 우리의 조상, 그것도 아주 가깝고, 많은 것을 정통으로 계승한, 한민족의 직계 조상이다.

그럼에도 불구하고 우리는 그가 가진 많은 것을 제대로 기억하지도 못했고, 발전시키지도 못했으며, 그의 바람과는 다른 역사의 방향을 오랫동안 걸어왔다. 그래서 해모수 그분이 우리 후손들에게 뭔가 하고 싶은 말, 전해주고 싶은 사실들, 전승하고 싶은 능력들을 거의 알 수가 없었다. 그러므로 여러 가지 방법을 동원하여 그에게 될 수 있는 한 가까이 접근해서, 그의 속마음까지 읽으려고 노력했다. 하지만 민족할 만한 성공은 거두지 못했다. 그래도 그를 다시 어느 정도까지는 부활시키는 데 성공한 것 같다.

나는 '적어도 그는 살아있는 우리 역사로구나. 우리는 그의 피와 땀과 생각을 어떤 형태로든 받아들여 계승했구나.'라고 생각했다. 또한 우리가 알던 조상들, 특히 조선시대의 지식인들과는 전혀 다른 역동적인 성격과 자유의지와 자신감 넘치는 기질, 원대한 꿈과 불가능해 보였을 이상을 추구하고, 결국 성공을 거둔 실력 등을 갖춘 조상이 있었다는 사실을 확인할 수 있었다. 현재 많은 한국 사람, 특히 내게는 삶의 큰 모델이 될만한 자격을 갖추었음을 확인하고, 구체적으로 어떻게 살아야 하는가를 실증적으로 보여주었다.

　이제 난 역사 속에 존재하는 그를 어느 정도 살려내는 작업을 마치고 다시 일상으로 돌아가려고 한다. 일반인이 아닌 역사학자로서. 그러므로 마지막으로 그에게 묻고 싶다.

나는 해모수다

"해모수님"

"당신이 한민족의 역사에서 존재한 의미는 무엇입니까?

지금 한국 사회에, 특히 당신이 세상에 내려왔던 나이인 20~30대의 젊은이들에게 하고 싶은 말은 무엇입니까?"

오호, 어려운 질문이네.

타인에게 스스로 존재 이유를 밝히는 일은 우리 한민족의 정서로는 어울리지는 않네. 사실 내 성격도 그런 것을 좋아하는 편은 아니네. 하지만 다시는 이런 기회가 있을 것 같지는 않으니 짧게 하겠네.

어느 집단이든지 존재할 권리가 있고, 이유가 있네. 그 집단의 구성원들은 다른 집단과는 다른 자신들만의 삶의 양식이 있네. 생각이 다르거든. 기질이 다르거든. 사람들은 이미 만들어진 것들을 물려받으며 태어나고, 또 그 덕에 생활하고 생존하는 것이거든. 본인들도 자라면서 그 집단의 부분을 만들어가고, 자신들이 결국 그 세계의 주역이 되어야 한다는 운명을 받아들이지. 이 걸 '정체성'이라고 불러도 좋을 것 같네. 동물과 식물들의 '무리'와 인간의 '사회'가 다른 가장 큰 기준이네.

그런데 그 집단이 붕괴되었다고 생각해 보게. 모든 것이 사라지지. 또 변질되지 않은가? 요즘 사람들은, 특히 젊은이들은 모르지만 아주 나이 많은 사람은 일제강점기, 남북의 분단, 그리고 엄청난 전쟁의 참상을 겪고, 최악의 가난 속에서 어린 시절과 젊은 시절을 보냈네. 그래서 나라의 붕괴와 멸망이 얼마나 무서운가를 잘 아네. 내가 태어났을 때, 십대를 보낼 때 바로 그때가 그러한 상황이었네.

거기서 나를 비롯한 젊은이들은 어떤 생각을 하고, 어떤 일들을 했겠나? 우리의 마음속에는 어떤 생각들이 담겼고, 우리의 머리를 어떻게 움직였겠나? 그건 생존이었네. 그리고 그들을 몰아내고, 잃어버린 나라를 되찾는 일이었네. 즉 다물이었지. 결국 우리는 성공했네. 내가 그 앞에 있었던 것이네. 우리 부여인들은 그 후 우리 역사가 다시 제자리를 잡는데 큰 역할을 했지. 땅뿐만 아니라 역사도 되찾았고, 무엇보다도 정신과 함께 정체성, 즉 자의식을 회복한 것일세. 내 이름이 무엇인가? 해모수 아닌가? 해일세, 또 천제가 아닌가? 하늘 또는 하늘의 아들이란 의미일세. 이건 우리 집단의 자의식을 선언하는 말이네.

자네들은 어떻게 생각할지 모르지만, 우리는 결코 넓지 않은 땅에서 살면서 서북방 초원의 막강한 유목기마 집단이나 서남방의 체계적인 정치체제와 뛰어난 문화를 가진 중국 세력과 겨루면서 수천 년을 살았고, 그러면서도 자네들이 확인하는 것처럼 정체성을 잃지 않았고, 이렇게 잘 살고 있네. 이것은 기적일세. 그리고 그 기적을 일으킨 큰 요인은 바로 우리, 즉 여러분의 조상들일세. 사람이 역사를 만드는 것이네. 그 사람다운 사람을 만드는 것이 자의식, '자유의지'일세. 내가 후손들에게 어떻게 평가되었는지는 확실하게 모르네. 나에 관한 이야기들이나 책을 보니까 다소 과장은 했지만, 아주 맘에 들더구만. 난 기질이 좀 강한 편이지. 활달하고 모험을 하기를 좋아하지. 실은 두려움을 잘 모르거든. 그리고 나름대로 노력해서 능력이 뛰어난 편이나 말타기 활쏘기 등뿐만 아니라 공부를 많이 했고, 나름대로 조선의 선인들이 하던 정신수련도 했네. 그래서 그들을 싸워서 자유를 쟁취했고, 후손들이 활동하고 뻗어나갈 수 있도록 도움을 주었네. 후손들도 나의 이런 점을 평가해서인지 계속 역사 속에서 살려나가더라고.

내가 우리 역사에서 존재하는 이유는 이런 것이라고 생각하네. 일으켜 다시 세운 용기, 하늘에 정통성을 받았다는 자의식 등을 후손들에게 전해준 것이라고. 나는 이 전통이 계속해서 전승되었다고, 때로는 빛이 바래고, 때로는 거의 붕괴되는 지경에 이른 적도 있지만 모두 노력해서 끝까지 잘 지켰다고 생각하네. 그래서 지금 자네들이 있는 게 아닌가?

하지만 사실 나에게는 아쉬움, 좀 더 솔직하게 말하면 안타까움이 있네.

그게 내가 젊은이들에게 하고 싶은 말 또는 조언일세.

왜 우리가 활동하고, 우리가 되찾았으며, 우리가 지켜온 땅을 내팽개치고 있는가? 그 땅이 단순하게 말이나 타고, 농사나 짓는 땅인 줄 아는가? 수천 년 동안 자네들의 조상들이 온갖 고난을 겪어가면서 땀으로 가꾸고, 핏물과 뼛가루로 채워넣은 곳이라네. 그리고 우리 민족이 지닌 자의식, 진정한 용기, 역동성 등의 기질을 만들어 준 곳일세.

무슨 말인 줄 아나? 자네들은 땅만 줄어든 게 아니라, 땅만 빼앗긴 게 아니라 결국은 정신도, 자존심도, 자기 역할도 빼앗긴 것이라네.

내가 말이 너무 많은 것 같네.

이제 마지막으로 몇 마디 하겠네.

현재 한국은 아주 성공한 나라이네. 하늘에 있는 모든 조상이 아주 흐뭇해하고 있네. 그런데 이제는 상황이 안 좋아지고 있네. 정신을 차리지 않으면 아주 힘든 삶을 살지도 모르네. 자네들에게 닥친 문제가 얼마나 많은가?

그 가운데 하나는 바로 국제관계일세. 여러분의 할아버지 할머니 세대들이 고생한 것도 국제관계라는 거부하기 힘든 힘(power) 때문일세. 물론 우리에게도 책임 있는 사실을 부정하면 안 되지만 늘 한민족을 둘러싸고 있는 국제환경의 변화를 냉정하게 살피고 대처해야 하네. 우리는 모두 개체로서 존재하지만, 실은 다른 존재와의 연관성 속에서 살아가는 것이네. 사회, 나라, 민족 이런 것들은 좋은 점과 나쁜 점을 동시에 지니고 있지만, 인류가 수많은 시행착오 끝에 만들어낸 것이라네.

정치인이면서 조상인 나 해모수가 여러분에게 꼭 하고 싶은 말은 나라를 생각하면서 살라는 것이라네. 여러분과 여러분의 2세들이 인생을 걸면서 생존하고, 생활하는 곳이기 때문이네….

난 해모수의 자손이다. 그의 피와 세계관, 그리고 성격과 일부 능력을 받은 사람이다.

생물학적으로도 그렇고, 역사학으로서도 그렇고, 그리고 기질을 통한 공감대 속에서도.

이제 더욱더 그를 떠올리며, 자주 그를 생각하고 그의 삶을 더 구체적이고, 감동적으로 복원하려 한다. 그래서 나 자신에게는 물론이지만 한국의 젊은이들에게 그 결과물들을 전해주고 싶다. 그리하여 그들이 더 자신감 있고 당당하게, 우리와 우리나라, 우리 민족이 발전하도록 노력하는 데 보탬이 되게 만들련다.

한국 인물 500인 선정위원회 (가나다 순)

위원장: 양성우(시인, 前 한국간행물윤리위원장)

위원: 권태현(소설가, 출판평론가), 김종근(前 홍익대 교수, 미술평론가), 김준혁(한신대 교수, 역사), 김태성(前 11기계화사단장), 박상하(소설가), 박병규(민화협 상임집행위원장), 배재국(해양대 교수, 수학), 심상균(KB국민은행 금융노동조합연대회의 위원장), 윤명철(前 동국대 교수, 역사), 오세훈(씨알의 소리 편집위원), 이경식(작가, 번역가), 오영숙(前 세종대학교 총장, 영어학), 이경철(前 중앙일보 문화부장, 문학평론가), 이덕수(시민운동가, 시인), 이동순(영남대 명예교수, 시인), 이덕일(순천향대 교수, 역사), 이순원(소설가), 이종걸(이회영기념사업회장), 이종문(前 계명대 학장, 시조시인), 이중기(농민시인), 장동훈(前 KTV 사장, SBS 북경특파원), 하만택(코리아아르츠그룹 대표, 성악가), 하응백(前 경희대 교수, 문학평론가)

한민족의 정체성을 만든
인물들을 통해, 삶의 지혜와
미래의 길을 연다.

고대 배달 민족의 얼인 고대 동아시아 지배자

나는 **치우천황**이다

대동 세상을 열려는
너희 본디 마음이 나 치우다

"나는 천산산맥 넘어 해 뜨는 밝은 곳을 향해 내려와
신시 배달국을 열었다. 너도 하느님 나도 하느님, 너도 왕이고
나도 왕이니 서로서로 섬기는 대동 세상 터를 닦고 넓혀왔다.
하여 뭇 생명이 즐겁고 이롭게 어우러지는 세상을 열려는
너희 본디 마음이 곧 나일지니."
- 치우천황이 독자에게 -

이경철 지음 | 값 14,800원

근세 현모양처의 대명사인 한 여성의 삶과 꿈

나는 **사임당**이다

많이 알려졌어도 실제
내 삶을 아는 사람은 드물구나

"나만큼 많이 알려진 인물도 없다. 그러나 나만큼 제대로
알려지지 않은 인물도 없다. 율곡의 어머니, 겨레의 어머니,
현모양처의 모범과 교육의 어머니로 많이 알려졌어도
실제 내 삶이 어떠했는지 아는 사람은 거의 없다.
나는 내 삶을 바르게 살고 싶었을 뿐이다."
- 사임당이 독자에게 -

이순원 지음 | 값 14,800원

근대 지킬 것은 굳게 지킨 성인군자 보수의 표상

나는 **퇴계**다

'완전한 인간'을 위한
자기 단련의 길이 나 퇴계다

"나는 책이 닳도록 수백 번을 읽었다. 그랬더니 글이
차츰 눈에 뜨였다. 주자도 반복해서 독서하라고
이르지 않았던가? 다른 사람이 한 번 읽어서 알면,
나는 열 번을 읽는다. 다른 사람이 열 번 읽어서
알게 된다면, 나는 천 번을 읽었다."
- 퇴계가 독자에게 -

박상하 지음 | 값 14,800원

근대 보수의 대지 위에 뿌린 올곧은 진보의 씨앗

나는  이다

바꾸자는 개혁의 길
너의 생각이 나 율곡이다

"나라는 거우 보존되고 있었으나, 슬픈 가난으로
시달리는 백성들은 온통 병이 깊어 숨이 넘어갈
지경이었다. 백척간두에 선 채 바람에
이리저리 위태롭게 흔들리고 있었다.
내가 개혁을 외치고 나선 이유다."
- 율곡이 독자에게 -

박상하 지음 | 값 14,800원

현대 모국어로 민족혼과 향토를 지켜낸 민족시인

나는 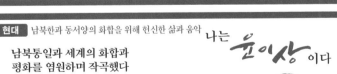 이다

깊은 슬픔을 사랑하라

분단의 태풍 속에서 나는 망각의 시인이었다.
하지만 한국의 독자들은 다시 내 시에 영혼의 불을 지폈다.
나는 언제나 외롭고 높고 쓸쓸한 시인이다.
- 백석이 독자에게 -

이동순 지음 | 값 14,800원

현대 남북한과 동서양의 화합을 위해 헌신한 삶과 음악

나는  이다

남북통일과 세계의 화합과
평화를 염원하며 작곡했다

"나는 남한과 북한, 동양과 서양, 고전과 현대의 경계에 서서
화합을 모색해 왔다. 우리 민족혼을 바탕으로 민주화와
통일을 갈망했고 세계가 전쟁과 핵 공포에서 벗어나
평화와 평등의 세상으로 나가기를 바랐다.
내 음악은 이 모든 염원의 표상이다"
- 윤이상이 독자에게 -

박선욱 지음 | 값 14,800원

근세 여성 최초 상인 재벌과 재산의 사회 환원

가난을 돌이킬 수 없는
수치로 여겨라

나는 *김만덕* 이다

어진 사람이 나랏일에 간여하다가도 절개를 위해 죽는 것이나,
선비가 바위 동굴에 은거하면서도 세상에 이름을
떨치게 되는 건, 결국 자기완성이 아니겠느냐.
여성의 몸으로 내가 상인으로 나선 이유도
이와 다르지 않다."
- 김만덕이 독자에게 -

박상하 지음 | 값 14,800원

고대 민족의 고대사를 개창한 건국 여제

내가 바로 고구려, 백제를 건국한 왕이다

나는 *소서노* 다

"나는 졸본부여의 왕재로 태어나, 추모와 함께 고구려를
건국하였으며 다시 두 아들과 함께 남하하여 백제를 건국하였다.
역사서에 나를 일컬어 왕이라 하지 않았으나,
엄연히 나라를 개창하여 백성들을 위한 정치를 펼쳤으니
더 이상 나의 존재를 부정할 수 없으리라."
- 소서노가 독자에게 -

윤선미 지음 | 값 14,800원

고대 신라의 중흥을 이룬 대장군

위대한 장수는 싸우지 않고 이기는 전투를 한다

나는 *이사부* 다

전장에서 적을 베는 것보다 싸우지 않고 이기는 장수가
지혜로운 장수다. 적국의 백성도 나라를 달리하면
모두 제 나라의 백성이다. 권력을 탐하는 자는
신의를 저버리나 백성은 그저 순리에 따를 뿐이니,
현명한 장수는 백성을 살리는 전투를 한다.
- 이사부가 독자에게 -

김문주 지음 | 값 14,800원

근대 식민지시대 대중문화운동의 진정한 선구자

나는 왕평이다

너희가 '황성옛터'를 아느냐

나라 잃은 시대, 나는 민족 저항의 노래인 '황성옛터'
한 곡으로 겨레의 영혼에 불을 지폈다.
그 불이 꺼지지 않고 오늘에 이르렀다.
지금 그 불꽃은 꺼졌는가?
여전히 활활 타고 있는가?
- 왕평이 독자에게 -

이동순 지음 | 값 14,800원

근대 꺾이지 않는 마음으로 행동했던 시인

나는 이육사다

인간다운 삶을 위한 해방,
완전한 독립을 위하여!

"나는 꺾이지 않는 마음이다. 의열단 군관학교 출신의 독립운동
비밀요원으로, 감옥에서 죽어가던 순간에도 시를 썼던 시인으로,
내가 꿈꾸었던 것은 자유롭고 평화로운 세상이었다.
인간다운 삶을 위한 해방, 완전한 독립을
완성하는 것은 이제 그대들의 몫이다."
- 이육사가 독자에게 -

고은주 지음 | 값 14,800원

중세 귀주대첩으로 고려를 구한 구국의 영웅

나는 강감찬이다

11세기 동북아의 국제질서를 뒤흔들어놓은 귀주대첩

"거란의 2차 침입 때 대신들이 항복을 말했지만
나는 항복은 안 된다고 외쳐 위기를 넘겼다. 동북면병마사,
서경유수로 재직하면서 거란의 재침에 철저히 대비한
나는 거란의 3차 침입 때 귀주 벌판에서 적을 전멸시켰다.
고려는 막강한 저력을 바탕으로 거란, 송나라와
대등한 외교를 펼치며 평화를 누렸다."
- 강감찬이 독자에게 -

박선욱 지음 | 값 14,800원

고대 신화적인 삶을 산 한민족사의 큰 어른

나는 **해모수** 다

나는 조선인이고, 부여인이며, 고구려인이다

여러분의 말 속, 정신 속에는 나의 삶이 조금씩 배어 있다.
조상이 무엇인가? 역사의 거름이 되는 게 아닌가?
어려운 시기가 오고 있네만 나를 거름으로 삼아
후손들을 위해 맑고 기름진 거름이 되게나.
- 해모수가 독자에게 -

윤명철 지음 | 값 14,800원

현대 타는 목마름으로 연 민주화와 흰 그늘의 길

나는 **김 지하** 다

더 나은 세상을 위해 진흙창 속에 핀 연꽃, 십자가가 되려 했다

"나는 개벽을 향한, 부활을 향한 민중의 고통에 찬
전진 속에서, 내게 주어진 진흙창 삶 속에 피우는 연꽃이
되려 꿈꿨다. 내게 주어진 십자가를 지고 민중들과 함께
있기를 소망했다. 민중의 한 사람인 내가 꿈꾼 이런 소망이
어느 시대, 어느 세상에서든 좀 더 나은 세계로 건너가는
징검다리 돌 하나 됐으면 좋겠다."
- 김지하가 독자에게 -

이경철 지음 | 값 14,800원